Über dieses Buch Angeödet von den Staatsgeschäften, macht sich König Umberto I. von Italien im Sommer 1889 in die Schweiz auf, um sich – wie es im ›Tonio Kröger‹ heißt – für ein paar Tage den »Wonnen der Gewöhnlichkeit« hinzugeben. Für eine kurze Zeit wenigstens möchte er Haus, Hof, Frau und Familie hinter sich lassen und im Schutze seines Inkognitos erotischem Wild nachstellen. Wie denn anders, Hofschranzen fahren ihm fortwährend in die Parade. Diese von Guido Morselli erfundene Episode, historisch keineswegs belegt, gehört zum Witzigsten, Amüsantesten, Verrücktesten, was in den vergangenen Jahren zwischen zwei Buchdeckeln erschienen ist. Das liest sich wie das Libretto zu einer Jacques-Offenbach-Operette, angereichert mit Elementen wie von Musil und Herzmanowsky-Orlando. Das Erscheinen des Romans 1975 war zugleich eine verspätete Wiedergutmachung an einem zu Lebzeiten zu Unrecht Verkannten: Nach seinem Selbstmord 1973 ist Guido Morselli zu einem berühmten Fall der jüngsten italienischen Literatur geworden. Morsellis literarischer Nachlaß gehört zu den aufsehenerregenden Neuentdeckungen der zeitgenössischen Literatur, die Kritik sieht in ihm einen der bedeutendsten Romanciers des 20. Jahrhunderts. François Bondy urteilte: »Morsellis Stilmittel ist der diskrete Charme der Kultur.«

Der Autor Guido Morselli wurde 1912 als Sohn einer wohlhabenden Unternehmerfamilie in der Lombardei geboren und verbrachte die meiste Zeit seines Lebens in der Nähe von Mailand. Zu seinen Lebzeiten kannten Literaturkenner ihn nur als Verfasser von zwei Essays zu Marcel Proust. Weitere Werke konnte Morselli bei keinem italienischen Verlag plazieren. Reihum schickten ihm die wichtigen Verlagshäuser seine Manuskripte zurück. Sechzigjährig hat sich Morselli, die Mappe mit vernichtenden Verlagsgutachten vor sich auf dem Tisch, erschossen. Inzwischen liegen bei Adelphi sechs seiner Romane vor. Die Kritik entdeckte in ihm einen von allen modischen Strömungen unabhängigen Autor und eine großen Stilisten der italienischen Sprache.

Guido Morselli

Ein Ausflug Seiner Majestät

Divertimento in der Schweiz

Aus dem Italienischen von
Ragni Maria Gschwend

Fischer Taschenbuch Verlag

Originaltitel: Divertimento 1889
Verlag Adelphi Edizione S.P.A., Milano 1975

Ungekürzte Ausgabe
Veröffentlicht im Fischer Taschenbuch Verlag GmbH,
Frankfurt am Main, Oktober 1985

Lizenzausgabe mit freundlicher Genehmigung des
Claassen Verlags, Düsseldorf
© 1980 by Claassen Verlag, Düsseldorf
Umschlaggestaltung: Jan Buchholz / Reni Hinsch
Gesamtherstellung: Clausen & Bosse, Leck
Printed in Germany
780-ISBN-3-596-25885-5

Erster Teil

Der Fächer der Möglichkeiten

I

Schirmchen. Schirmchen. Schirmchen. Weiße oder graue. Rosafarbige. Weiße.
Für den Mann am Fenster bilden die Sonnenschirme einen träg dahinfließenden, buntscheckigen Strom kleiner Kuppeln. Sonnenschutz oder Regenschutz, denn dicke Tropfen und helle Strahlen kommen abwechselnd aus dem aufgeblähten Himmel. Seit Jahren, manche sagen auch seit Jahrzehnten, gibt es am 1. Juli in Monza ein Gewitter.
Der Mann dreht sich um und schaut auf die Pendeluhr, setzt sich wieder an seinen Schreibtisch, wo ihn, auf Stößen von Papieren thronend, ein Tablett erwartet: Käse, Obst, eine Flasche Wein.
Er zieht an einer Klingelschnur. Ohne ihn anzusehen, fragt er den Adjutanten, der auf der Schwelle des kleinen Arbeitszimmers erscheint:
»Ist die Signora gekommen, aus Vedano?«
Nein, sie sei nicht gesehen worden.
Er hebt verärgert die Augenbrauen.
»Dann werden Sie ihr dieses Billett bringen. Persönlich.«
Zwei rasch hingeworfene Zeilen. Er versiegelt den Umschlag, übergibt ihn dem Adjutanten.
»So rasch wie möglich.«
Dann beginnt er zu essen. Asiago-Käse, Birnen, Äpfel. Viel Brot, ein paar Schluck Wein. Er ist vor kurzem erst angekommen, auf dem Lehnstuhl liegen noch Hut und Reisemantel. Nach dem kleinen Imbiß geht er hinüber, um sich zu waschen. Aber wenn man einmal die Fünfunddreißig überschritten hat, braucht es mehr als ein paar Spritzer ins Gesicht, um vierzehn Stunden Eisenbahn wegzuwischen. Und dann, die Arbeit. Er schiebt das Tablett beiseite, ordnet die Papiere wieder, legt neue dazu, die er der Reisetasche entnimmt. Er blättert, überfliegt mit den Augen, setzt keine Unterschrift. Es ist einfach zu viel Papier, wie üblich. Eine »vertrauliche Meldung« aus Ber-

lin geht über sechs Seiten. Er legt sie weg, nimmt sie erneut zur Hand, bleibt auf Seite 2 hängen. »Aber das ist doch Routine!« vermerkt er nur am Rand. Der Monatsbericht der Polizeidirektion interessiert ihn mehr: wieder vier engbeschriebene Seiten in einer verschnörkelten, prätentiösen Handschrift, die zeilenweise zu unterstreichen der Minister des Inneren sich befleißigt hat. Und er hat noch eigenhändig eine Nachbemerkung angefügt (mindestens zwanzig Zeilen), die mit »Der besonderen Aufmerksamkeit von ...« beginnt.
»Vertrauliche« Notizen des Justizministers und ein Gnadenerlaß. Zwei Memoranden vom Kriegsministerium. Ein Bündel Königlicher Dekrete in der roten Mappe mit »Eilt«. Vom Persönlichen Sekretariat ein Päckchen Privatpost, die Umschläge noch ungeöffnet. Der Bürgermeister von Monza schickt einen *Appell*: »In Anbetracht der ungewöhnlichen Trockenheit, die die Gebiete der südlichen Brianza heimgesucht hat ...«
Papiere, Papiere. »*Tutto finisce in carta* – Alles wird zu Papier«, sagt er mit lauter Stimme zu sich selbst. Dreiviertel Stunden Arbeit, um überhaupt anfangen zu können. Um einen Überblick zu bekommen. Ein Diener tritt ein.
»Wie? Ach ja, du heißt Carta! Schöner Zufall. Nichts. Geh nur wieder.«
Der Diener nimmt das Tablett und verschwindet. Der Mann geht wieder zum Fenster. Jetzt regnet es, die Schirmchen sind nicht mehr da. Das Personal trägt Tischchen und Sessel herein. Ein heftiger Windstoß fährt plötzlich aus dem schwarzen Himmel in einen Wirbel aus Blättern und Erdreich. Die edle Libanonzeder, die erste rechts in der großen Allee, biegt sich fast bis zum Zerbersten. Vorhänge schlagen hin und her, Läden knallen zu. Er setzt sich wieder hin, läßt aber die Fensterflügel weit offen; das Gewitter stört ihn nicht. Erneut beginnt er zu blättern, zu lesen. Er nimmt sich noch einmal die Meldung aus Berlin vor. Seite 5: »Bei dem altersschwachen regierenden Großvater und dem hoffnungslos kranken Vater wird sich der junge Prinz Wilhelm wohl bald auf dem Thron befinden. Er weiß das und bereitet sich auf die Rolle vor, die dem

Herrscher in seinem Land zukommt, eine wirklich bestimmende Rolle.«
»Carta!«
Der Diener kommt wieder herein.
»Um sechs reite ich aus, mach das bekannt. Das Gewitter wird sich dann auch ausgetobt haben. Sag im Ankleideraum Bescheid, daß man alles herrichtet, ich komm' dann und zieh' mich um.«
»Im Gespräch mit einem Vertrauten soll der Prinz gesagt haben: ›Wenn mein Augenblick gekommen ist, werde ich die deutsche Politik revolutionieren. Wenn nötig, erfinde ich eine neue.‹«
Ein schwefelgelber Lichtstrahl durchzuckt den kleinen Raum. Ein Donner und ein trockener Knall, wie von einer Granate, die getroffen hat. Der Mann erhebt sich, geht ans Fenster: Die vorderste Zeder rechts in der Allee steht nicht mehr, an ihrer Stelle gibt es nur noch zwei große Stümpfe. Klafterweise dorniges Geäst, das den Parkweg versperrt, starker Harzduft vermischt sich mit dem Geruch nach Ozon und nasser Erde. Der Mann nickt zwei-, dreimal mit dem Kopf, mehr ironisch als mitleidig:
»Diesmal hat es dich erwischt.«
Kein Hinweis, keine Vorahnung. Er ist zu sicher. Ein schöner Blitztod? Ach was. Ihm ist anderes bestimmt, Schlimmeres. Dieses Amt, nichts als unnütze Plackerei, ein ständiges Hin und Her für das undankbare Italien, dieses uneinige, verkommene Italien. Keinerlei Verantwortlichkeit oder Machtbefugnis, aber heimgesucht von Papieren und Kurieren, als ob er etwas dafür könnte, als ob er etwas ändern könnte! Aber immer Sorgen und Verdruß. »Scherereien.« Und dann das Haus, die Familie. Zwei Häuser, zwei Familien. Und er dazwischen, von allen beiden gelangweilt, mit seinem Bedürfnis nach Freiheit, nach Alleinsein. Na bitte: Ein leichtes Klopfen an der Tür, das er sofort erkennt.
»Herein!«
Das ist eine der beiden, diskreter als die andere, tüchtiger, aber unerbittlich ihren Teil fordernd. In Mauve und Silber, die immer noch hellblonden Flechten zu einer monumentalen Frisur aufgetürmt. Blendend und anmutig.

»Nimm Platz.«
Sie setzt sich. Und sagt, wie es nicht anders zu erwarten war: »*Tu es rentré, de Rome, n'est-ce-pas? Et je l'apprends grâce à ton aide de camp.*«
»*Le travail d'abord*«, weicht er dümmlich aus. »Wie du siehst, habe ich zu tun.«
»Mein Lieber. *Toi tu m'oublies trop volontiers.*«
»Weißt du, worüber ich gerade nachgedacht habe? Über meine unsinnige Plackerei, wie ein Handlungsreisender oder ein Büroangestellter. Ich komme heim und finde mich sofort hinter einem vollen Schreibtisch wieder.«
»Mein Lieber. Da du mir anscheinend nichts als Phrasen zu bieten hast, fällt mir wieder dieser Kollege von dir ein, der ›*toujours la reine*‹ gesagt hat. Dir könnte das nicht passieren, *mon cher ami*, bei dir heißt es ›*jamais la reine*‹.«
Er läßt, weniger resigniert oder gleichgültig als einfach müde, das Thema fallen. Eine Pause: Die schöne Frau öffnet und schließt ihren Fächer, betrachtet sich im Wandspiegel hinter dem Rücken des Gemahls, betastet mit einer Hand ihre Frisur.
Er winkt sie zum Fenstersims und zeigt ihr die Zeder.
»O Gott, wie entsetzlich!« ruft sie desinteressiert aus.
»Und wir unten haben überhaupt nichts gemerkt.«
»Wieviel wart ihr denn? Zweihundert, dreihundert? Und kein Mann?«
»Kein Mann.«
Und sie lächelt. Ihr in Europa berühmtes Lächeln, das Erdbebengeschädigte und Cholerakranke getröstet hat und das in erster Linie sie tröstet. Sie selbst.

Viele, viele Gewitter waren inzwischen von den unzuverlässigen Grignaer Bergen auf die Seen, Felder und Villen der Brianza niedergegangen.
Viele Pinien, Ulmen und Linden waren noch unterm Blitz zusammengebrochen seit jenem Tag zu Beginn des Sommers. Reisen und Empfänge, Paraden und Umzüge hatten einander abgelöst, Konferenzen und Ansprachen, gekrönte Besuche und Gegenbesuche. Und Unterschriften, Unterschriften auf unzähligen Papieren.
Ein Augustmorgen des Jahres 1889 im Palais der Herzogin

Litta (der rechtmäßigen Geliebten seit urdenklichen Zeiten), am Corso Venezia in Mailand.
Eher ein Absteigequartier, dieses Palais, als ein Zufluchtsort. Und in der Tat hatte der vom Präsidenten des Staatsrates geschickte Kurier nicht lange gebraucht, seinen Mann zu finden (der sich mit Gemahlin Nr. 2 die Zeit vertrieb), um ihm den neuesten Skandal zu melden: Anzeige gegen den Staatssekretär im Kriegsministerium Colonello R. von R. bei der Oberstaatsanwaltschaft in Rom. Wegen Betrugs. Die Anzeige kam von einem gewissen Revagli, Veterinär, der ein paar ungedeckte Schecks in Händen hatte.
Die Ernennung des Colonello, die, wie alle Nominierungen zu den obersten Ämtern im Kriegsministerium, erst kurz zurücklag, war »in Ausübung« eines königlichen Vorrechts erfolgt. In Wirklichkeit war sie von Gemahlin Nr. 1 betrieben und von diversen einflußreichen Persönlichkeiten, darunter auch einem Erzbischof, unterstützt worden. Offiziell aber war sie vom König ausgegangen, und die königs- und regierungsfeindliche Presse – fast die gesamte Presse von Gewicht – spielte die Affäre genüßlich hoch.
Der König empfing den Boten im Vestibül des Palais, gleich nach dem Mittagessen, und die eben erst angezündete Zigarre ging ihm sofort wieder aus. Auch der Geist erlosch ihm.
»Kann man vielleicht Genaueres erfahren ...?«
Oh, ganz einfach. Der Colonello, in seinen Zirkeln als Bebé bekannt und in den Klatschspalten mit dem Spitznamen »Narziß der Häßliche« zitiert, hatte sich den Spaß gemacht, das St. Léger, das große Sommer-Pferderennen, zu manipulieren. Komplize war der Veterinär, der den rivalisierenden Pferden eine Dosis Chloral ins Trinkwasser gemischt hatte. *Brown Prince*, ein Outsider, hatte so ohne Schwierigkeiten das Rennen gewonnen, sein Besitzer den Preis, verschiedene seiner Freunde große Summen vom Totalisator. Der Veterinär erhielt vom ausgemachten Anteil nur eine Anzahlung. Von ihm unter Druck gesetzt, hatte der Colonello, ein Verschwender, reich, aber immer knapp bei Kasse, geglaubt (er war bereits Staatssekretär,

Vizeminister), sich mit ein paar Fetzen Papier, ungedeckten Schecks, aus der Affäre ziehen zu können. Eher dumm als kriminell.
Der König wiederholte diese sich anbietende Schlußfolgerung halblaut, während er den Raum von einem Ende zum anderen durchschritt, zu niedergeschlagen, um zu toben, um sein unseliges Schicksal zu verfluchen, um sich mit dem Boten anzulegen, das einzige, was den Empfängern schlechter Nachrichten in solchen Fällen bleibt. Er fühlte sich verwaist.
Der Überbringer der Botschaft, ein alter Senator, folgte ihm teilnahmsvoll mit den Augen. Ebenso betrübt wie unfähig, mit irgendeinem Trost oder Rat beizustehen.
»Genießt dieses Rindvieh wenigstens Immunität?«
»Leider, keinerlei Immunität. Er ist nicht Mitglied des Parlaments. Und es handelt sich auch um kein Delikt, das vom Militärkodex vorgesehen wäre.«
»So daß er also von einem gewöhnlichen Gericht verurteilt wird?«
»Vom Strafsenat in Rom.«
»Und der schickt ihn ins Gefängnis. Und mich dazu. Moralisch gesehen!«
»Eure Majestät tragen keinerlei Verantwortung ...«
»Weil ich bloß herrsche und nicht regiere, wie? Wen glauben Sie eigentlich mit diesem Blödsinn zu trösten – Verzeihung!«
Dem Alten fiel der Zwicker herunter, und beim Versuch, ihn aufzuheben, fiel ihm auch noch die Tabaksdose aus der Weste.
Aber *er*? Was konnte *er* tun?
Er hatte keinen in der Familie, der bereit wäre, diesen Schuft von R. für ihn zu ohrfeigen. Ihm blieb nichts anderes übrig, als den Mund zu halten, alles zu schlucken, sich zu verkriechen (ein paar Tage niemanden, der aus Rom kam, zu empfangen, keine Zeitung aufzuschlagen) und in der Zwischenzeit nach Monza zurückzukehren, wo er zur Königin sagen konnte: »Haben Sie es gehört? Das ist Ihr Verdienst.« Denn die Königin war es gewesen, die ihn mit diesem Schurken bekannt gemacht hatte, dem Schwager einer ihrer Freundinnen, Prinzessin von Sachsen-

Meiningen; vor allem die Königin hatte auf dieser Ernennung bestanden. Ihn bedrängt, gepiesackt. Er dagegen: hinters Licht geführt, gezwungen, schutzlos, wehrlos – wie immer. Er durfte wieder einmal zahlen für die Sünden der anderen.

Die Königin befand sich nicht im Palast, als er zurückkam; der Bürgermeister von Monza hatte sie zur Jahresfeier des Turnvereins eingeladen. Man sah sich erst beim Abendessen; die Gelegenheit zu Entladung war fürs erste verpufft. Nicht der Groll.
Familiäres Abendessen; daher im kleinen Saal, der auf den Orangenhain hinausging. Tischgenossin die Hofdame vom Dienst, Ghidini Servadei, zu der sich im letzten Moment noch Vinci, der Minister des Königlichen Hauses, gesellte. Eben aus Rom eingetroffen, wie mit Absicht.
Nach Quantität und Qualität der Gänge eines der üblichen Abendessen: geschlagene Lachscrème, Suppe, Seezunge Müllerin, Huhn, *Dessert tropical* (Bananen), Cassata. Nichts Besonderes, mit Ausnahme des Lachses und der sehr seltenen Bananen. Aber ihm, der nur das Huhn gegessen hatte, und auch das ohne Appetit, kam die Speisekarte an diesem Abend übertrieben vor, und er sagte es – seiner Frau. Eine kurze Bemerkung in einem sehr, einem allzu häuslichen Ton: »All dieses Zeug, wozu eigentlich? Mir würde ein Beefsteak mit Salat genügen.«
Der Schock war so groß, daß die Gattin nicht die Kraft fand zu antworten; von ihren Lippen kam nur ein gehauchtes: »Wir werden dafür sorgen.«
Mehr entsetzt als gekränkt. Daß die Savoyer bei Tisch frugal waren, daß wußte man. Aber es war ihr noch nicht passiert, aus diesem Grund und an diesem Ort getadelt zu werden. Die Ghidini machte ihre Reverenz, einen halben Kniefall, und verschwand. Vinci suchte nach einem Vorwand, es ihr gleichzutun. Es gelang ihm nicht. Die Königin bat den Gatten um die Erlaubnis, in den Salon hinüberzugehen, und ließ die beiden Männer miteinander allein. Wobei der eine Unerfreuliches zu berichten hatte und gern damit gewartet hätte, und der andere, der das genau wußte, grimmig darauf erpicht war, es zu erfahren.

Nachdem er den untertänigen Vorschlag zu einer Partie Billard abgelehnt hatte, trat der König auf die Terrasse hinaus. Dann entschied er sich für einen Spaziergang im Park.
Ganz Italien munkelte von einer elektrischen Beleuchtungsanlage, die man auf den vom Palast nach Vedano führenden Parkwegen auf einer Länge von zwei Kilometern habe errichten lassen. In Vedano sul Lambro verbrachte die Herzogin in einer ihrer Villen zeitweise den Sommer. (Die »Fastenzeit-Montespan« wurde sie, in Anspielung auf ihre gallige Magerkeit, bei Hof genannt, wo sie gebührend verhaßt war.) Aber die kilometerlange elektrische Beleuchtungsanlage existierte nur in der Phantasie der boshaften Untertanen Seiner Majestät, die im übrigen gar keine Lichter brauchte, um bei Nacht zu sehen, denn sie war tagblind; auch so eine ererbte Eigenheit (von der habsburgischen Seite). Wenige Schritte vom Palast entfernt tauchten die beiden Männer daher ins Dunkel, das nur von den glühenden Enden ihrer Zigarren durchbohrt wurde.
»Vorwärts«, raunzte der König.
Vinci beschleunigte den Schritt und begab sich an die Seite seines Herrn.
»Nein, ich meine: Vorwärts mit Ihren unangenehmen Neuigkeiten. Denn Sie sind doch hergekommen, um über Unangenehmes zu reden? Also schießen Sie los.«
Der andere schickte sich an »loszuschießen«. Als Minister des Königlichen Hauses oblag ihm die Vermögenspolitik des Königs von Italien. Keine sehr rühmliche Aufgabe. Denn eine eigentliche Politik, eine Richtschnur existierte nicht, es gab nur die Angewohnheit, das Geld ohne Rücksicht zu behandeln: in jedem Fall ohne Rücksicht auf die Einnahmen, die immer weit unter den Ausgaben lagen; in manchen Jahren dreißig, vierzig Prozent. Entweder die einen erhöhen oder die anderen verringern – das mußte er sagen. Der Minister besaß eine umständliche und beharrlich sich wiederholende Redeweise, noch dazu in einem komischen Toskanisch, und er verhaspelte sich. Um sein einfaches Anliegen vorzubringen, brauchte er eine Viertelstunde. In diesem Stockdunkel, immer hinter dem Chef

drein, der ihm mit großen, nervösen Schritten vorausging, riskierte er, auch noch mit den Beinen zu stolpern, als ob das übrige nicht schon genügte.

»Versuchen Sie, sich kurz zu fassen, Verehrtester. Die Sache ist also die: Ich soll um Geld betteln. Die Ausgaben, verstehen Sie, die werden nicht weniger. Haben Sie gesehen, bei Tisch? Verlorene Liebesmüh. Und das sind nur Brosamen. Um Geld betteln. Das ist es doch!«
Der andere keuchte:
»Nicht gerade wörtlich, aber sicher ...«
»Und ich habe gebettelt, Sie erinnern sich. Das sonst so ergebene Unterhaus hat mir die Erhöhung der Zivilliste abgelehnt. Zweimal.«
»Ein erneuter Versuch ...«
»O nein, mein Freund. O nein!«
»Um die Situation wieder in Ordnung zu bringen, wenn man so sagen kann, gäbe es einen dritten Weg. Kein ganz einfacher, auch kein angenehmer. Und obendrein nur ein provisorischer.«
»Und den entdecken Sie, wie? Bravo! Schulden machen. Als ob Sie nicht mehr wüßten, daß wir sie gemacht haben. Und ob wir sie gemacht haben! Banca Tiberina, Banca Romana. Sagen Ihnen diese Namen vielleicht nichts?«
»Mit Verlaub. Ich habe mich damals nicht gescheut abzuraten. In beiden Fällen. Es hätte andere Quellen gegeben, sicherere. Weniger exponierte. Dazu geraten haben andere.«
»Wer?!?«
»Personen, denen ich mich gebührend unterzuordnen hatte.«
»Also ich muß schon bitten!«
Der König machte unversehens kehrt, um zurückzugehen. Vinci merkte es erst ein paar Sekunden später, er mußte einen kleinen Lauf hinlegen, immer noch im Dunkeln, um ihn einzuholen.
»Und mit Remorini«, hörte er zu sich sagen, »haben Sie gesprochen? Haben Sie ihn konsultiert?«
Der Cavalliere Ragioniere Remorini, einfacher Verwalter der Unbeweglichen Güter, genoß seit 1880 die besondere Sympathie und das Vertrauen des Chefs.

»Remorini hat mit Brief vom 24. oder 25. dieses Monats an meine Wenigkeit seine Entlassung eingereicht.«
Trotz des verbalen Ausbruchs geriet sein Gesprächspartner in jenen Zustand, in dem einem der Sinn nicht mehr nach Zuhören oder Erwidern steht. Mit dem Spazierstock schlug er auf die blühenden Ligustersträucher ein, daß sie sich über den Weg bogen und dort ihren zitronenähnlichen Duft verströmten. Was den Minister betraf, so hatte er genug davon, mit einer renitenten und unsichtbaren Person zu konferieren. Mehr als genug. Er ersparte sich daher die Bemerkung, daß der zurückgetretene Remorini seit einer Weile im Geruch eines Millionärs stehe.
Ein Beweis, daß die Unbeweglichen Güter, von einem Fachmann verwaltet, etwas abwerfen können.

Sie kamen von Osten her durch den sogenannten Oleanderhof zum Palast zurück. Vor der Freitreppe standen Oleanderbüsche in großen Blumenkübeln aus getriebenem Kupfer in drei Reihen hintereinander. Ein Zweispänner des Hofes mit Kutscher und zwei Bedienten, die mit verschränkten Armen auf dem hinteren Bock saßen, fuhr in diesem Moment vor. Dem Wagen entstieg ein Herr in Schlapphut, den Mantel über dem Arm, ein Köfferchen in der Hand. Die Equipage machte kehrt, und der Reisende warf einen kurzen Blick in die Runde, ehe er sich daranmachte, die Treppe hinaufzusteigen. Er bemerkte den König und den Minister nicht, die zwischen zwei Oleanderreihen getreten waren.
»Da, sehen Sie!« flüsterte der König. »Für ein einziges Individuum einen Zweispänner und drei Männer. Die Ausgaben verringern!«
Das durfte man nicht so hingehen lassen. Der König holte das Individuum auf der Terrasse ein und stellte es im vollen Licht der Gaslaternen.
»Wer sind Sie?«
Das Individuum, groß und kräftig, etwa dreiunddreißig Jahre alt, reisemäßig, doch mit Eleganz gekleidet, schien in keiner Weise verwirrt zu sein. Es nahm den Hut ab, verbeugte sich tief und sagte, als es sich wieder aufrichtete:

»Kapitänleutnant Vigliotti. Ordonnanzoffizier Eurer Majestät.«
An Generalstabs- und Ordonnanzoffizieren hatte Seine Majestät insgesamt etwa ein Dutzend. Er erinnerte sich jedoch sofort.
»Woher kommen Sie?«
»Ich kehre aus einem Urlaub zurück, drei Tage, ohne die Reise. Der Urlaub geht morgen zu Ende.«
»Wer hat Ihnen den genehmigt?«
»Der Befehlshaber der zum Hofdienst kommandierten Militärs Eurer Majestät.«
»Ich erteile Ihnen sieben Tage Arrest!«
Vigliotti verneigte sich erneut und rührte sich nicht vom Fleck. Der König ging wieder hinunter, verabschiedete den Minister und kehrte in Richtung Park zurück. Er war nicht nur tagblind, nach einem schlechten Tag war er auch gern ein Nachtwandler.

Zwei Tage später sah er Vigliotti wieder, als er morgens um sieben wie immer ausreiten wollte. Der Offizier wartete am Steigbügel des zweiten Pferdes. Der König nahm ihn beiseite.
»Ich habe Ihnen doch Arrest gegeben. Wieso sind Sie hier?«
»Soweit mir bekannt ist, handelte es sich um keinen strengen Arrest. Ein normaler Arrest dispensiert mich nicht vom Dienst. Heute ist mein Turnus.«
Der König kniff die Lippen zusammen.
»Und weil Sie Dienst haben, sind Sie in Zivil?«
»Die Offiziere Eurer Majestät, die der Marine angehören, haben die Erlaubnis, beim Reiten Zivil zu tragen.«
»Gehen wir.«
Ich muß mir die Personalakte dieses Mannes geben lassen, dachte er. Und während sie losritten, suchte er sich zu erinnern, von wem er ihm vorgeschlagen worden war. Vom Marineminister oder vom alten Admiral Brin? Was die Ankunft im Zweispänner betraf, so war klar, daß Vigliotti daran keine Schuld hatte. Irgend jemand vom Hauspersonal, der die Zeit seiner Rückkehr wußte, mußte ihm aus übergroßer Fürsorge den Wagen an die Bahn

geschickt haben. Vigliotti war ein gutaussehender Mann. Ob eine Frau dabei im Spiel war? Sehr gut möglich. Ich muß der Sache auf den Grund gehen, beschloß er. Bis dahin bestand jedoch kein Grund, weiter gegen den Mann vorzugehen. Einen Rüffel hatte er ja bekommen.
Ja, der König ließ ihm sogar Schonung angedeihen. Nach dem Galopp, bevor man aufs Hindernisfeld wechselte, entließ er ihn:
»Sie sind Seemann und brauchen kein guter Reiter zu sein. Sie können sich zurückziehen.«
»Ich bedanke mich und ziehe mich zurück. Zuvor möchte ich jedoch um die Erlaubnis bitten, eine Mitteilung machen zu dürfen, die Eure Majestät interessieren könnte. Bisher hatte ich noch keine Gelegenheit dazu.«
»Sagen Sie's.«
»Sagen« war gar nicht so einfach. Das Vorgehen konnte dreist erscheinen, an der Grenze zur ungehörigen Einmischung in die Privatangelegenheiten des Königs. Man mußte es also irgendwie rechtfertigen und vor allem genau erklären und sogar die Vorgeschichte berichten. Vigliottis Mutter war eine geborene Sprüngli aus Luzern und hatte als junges Mädchen im Internat in Koblenz eine Deutsche kennengelernt, die dann Schwiegertochter eines Krupp aus der zweiten Generation, Erich, und bald Witwe wurde; sehr reich natürlich. Jeden Sommer verbrachte sie einige Wochen bei den Vigliottis im Monferrat.
Vor kurzem war ihr eines jener ländlichen Schlösser, die im Piemont *Ricetti* heißen, aufgefallen, das zum Privatbesitz des Königs gehörte. Ein großes Gebäude, das nur von ein paar Pachtbauernfamilien bewohnt wurde und langsam verfiel; es stand aber inmitten von ein paar hundert Hektar Wald und Unterholz und in herrlicher Lage. Frederika von Goltz, verwitwete Krupp, die ein Faible für Italien hatte, war ganz verliebt in Visè. Als sie mit Paolo, dem Sohn ihrer Freundin, sprach, der bei Hof diente und im Begriff stand, von einem Urlaub nach Monza zurückzukehren, hatte sie ihn beauftragt zu fragen, ob Visè zum Verkauf stünde: Sie würde jeden Preis bezahlen. Jeden »vernünftigen« Preis, hatte sie hinzugefügt – als Frau von Verstand und Erfahrung, die zwar bereit war, sich eine

Laune zu gestatten, aber nicht, sich ungebührlich ausnehmen zu lassen. Im Gegenteil: Sie hatte gesehen, daß das Gut Visè auf einer Seite an die Eisenbahnlinie Casale-Vercelli grenzte und von einer Nationalstraße durchquert wurde; und sie dachte, daß diese Wälder in einer nicht zu fernen Zukunft als Baugelände wertvoll würden.

Kurz und gut, sie wollte nicht nur Schloßherrin in Italien werden, sondern die Wälder von Visè boten sich auch als eine Investition ersten Ranges an.

II

Vigliotti hatte die verdienstvolle Fähigkeit, alles Nötige in nicht mehr als drei Minuten darzulegen. Kurz und präzis. Er war aus dem Sattel gestiegen, hatte die Steigbügel hochgezogen und wartete jetzt. Er wußte, daß er etwas riskiert hatte; der König mochte versucht sein zu antworten: »Sagen Sie Ihren Bekannten gefälligst, daß man wegen solcher Dinge nicht zu mir schickt. Mit mir verhandeln nur Meinesgleichen, die übrigen mit meinen Untergebenen.« Außerdem war da das Mißgeschick mit der Hofkutsche von vorgestern abend. Dennoch wartete er respektvollgelassen und ruhig.
Er wäre noch viel ruhiger gewesen, wenn er geahnt hätte, welche Gedanken seinem Gebieter durch den Kopf gingen. Mit seinem unfehlbaren Gedächtnis für Namen, Daten und Zahlen erinnerte sich der König ganz genau an dieses Besitztum im Monferrat, das er selbst noch nie betreten hatte. 180 Hektar, dazu 10 000 Quadratmeter bebauter Grund. Und er erinnerte sich auch, daß ihm vor Jahren irgend jemand davon gesprochen hatte. Wer? Ach ja, Remorini. Dieser Verräter, diese Ratte, die das sinkende Schiff verließ. Damals hatte sich Remorini angeboten, Visè zu kaufen. Das hieß also, daß er sich davon einen Gewinn versprach, und sicher keinen schlechten. Wie gut, daß ihn diese Kanaille wider Willen darauf gebracht hatte: Visè besaß einen Wert. Verkaufen ja, aber sich bezahlen lassen, teuer verkaufen! Eine halbe Million, vierhunderttausend? Die alte Goltz war wahrscheinlich ein bißchen vernarrt in Italien, wie so viele Deutsche. In jedem Fall würde er den Verkauf selbst tätigen, ohne Zwischenmänner. Schluß mit den blutsaugenden Verwaltern. Diesmal vertrat er selbst seine Interessen, persönlich und direkt. Vierhunderttausend: eine hübsche Summe, mit der man einiges anfangen konnte. Die Goltz zahlte auf die Hand. Diese Krupps, war das nicht die reichste regierende Dynastie Europas, und zwar wirklich regierend, mit Taten,

nicht mit Worten? Man stelle sich vor! Endlich eine gute
Nachricht. Und das Geschäft übernahm er selbst, diesmal
würden sie ihn nicht übers Ohr hauen.
Vigliotti, die Zügel in der behandschuhten Rechten, die
Stirn ganz leicht gerunzelt, wartete noch immer.

Übertrieben mißtrauisch wie alle Abergläubischen (abergläubisch wie alle vom Glück wenig Begünstigten), beschloß der König, mit äußerster Umsicht vorzugehen.
Er ließ sich die Personalakte von Vigliotti bringen.
Daraus ging hervor, daß Vigliotti aus einer vermögenden Kaufmanns- und Industriellenfamilie stammte; er war als Offizier sehr streng zu seinen Untergebenen, wenig mitteilsam, bei seinen Kameraden nicht sehr beliebt, besaß ansehnliche berufliche Kenntnisse und eine »begrenzte Allgemeinbildung«. (»Um so besser«, kommentierte der König im Geiste.) Er hatte außer den Ozeanen auch die heimtückischeren Gewässer des Marineministeriums durchschifft. Beste physische Eigenschaften, ziemlich verschlossener Charakter, »durchschnittliche Intelligenz«. (»Sehr gut! Der wird mir sympathisch!«) Die Beurteilungen der verschiedenen Vorgesetzten, die Vigliotti im Laufe der Zeit gehabt hatte, stimmten miteinander überein: weder besondere Verdienste noch irgendwelche Vergehen. Keine Belobigung, kein Tadel, keine schwere Strafe. »In Gesellschaft«, lautete eine der Beurteilungen, »signoriles Benehmen, nicht unempfindlich gegenüber dem schwachen Geschlecht, jedoch immer korrekt; gegen Männer, auch andere Offiziere gleichen Ranges, ziemlich kühl und reserviert.« Von der Militärakademie in Livorno war er mit einer Reihe von »gut« und »befriedigend« abgegangen.
Verschlossen, reserviert, weder gebildet noch sonderlich intelligent. Genau richtig: Der Mann, den er brauchte.
Um ganz sicher zu sein, rief er den Kommandeur des bei Hof stationierten Militärs, General Efisio di Villahermina, zu sich. Im großen und ganzen bestätigte Villahermina alles, aber ohne Sympathie. Er hatte einige Vorbehalte. Zum Beispiel den, daß Vigliotti sich vor ein paar Wochen eine willkürliche Handlungsweise herausgenom-

men und eine Verantwortlichkeit angemaßt habe, die ihm nicht zustand.
»Wie? Als Ordonnanzoffizier – nicht viel mehr als ein besserer Offiziersbursche?«
»Eben deshalb muß ich darauf hinweisen, daß er seine Kompetenzen weit überschritten hat.«
Ein Abend im vergangenen Juni in Mailand. Aus einem Lokal im Zentrum kommen zwei junge Offiziere der Savoya-Dragoner. Einer der beiden ist angeheitert, belästigt die Passanten und zerbeult zwei Polizisten, die ihn zurechtweisen, mit flachem Säbel die Käppis. Er wird gewaltsam in die Quästur abgeführt und wegen Widerstands gegen die Staatsgewalt einbehalten. Sein Kamerad informiert den Oberst, der am nächsten Morgen umsonst die Herausgabe des Hitzkopfs fordert. Mittags gibt der unmittelbare Vorgesetzte, Hauptmann Bignardi di Castelbignardo, seiner Schwadron den Befehl zum Aufsitzen, bringt sie in die Stadt und läßt das Polizeipräsidium umstellen. Der Gefangene zeigt sich am Fenster des Raums, in dem er unter Bewachung steht, und die Dragoner, den Karabiner geschultert, grüßen ihn mit dem Feldruf: »*Savoye bonne nouvelle*«.
Es droht ein Feuerwechsel zwischen Polizei und Militär. Der Polizeipräsident schickt einen Boten in die Präfektur, in der in wenigen Minuten der König zu einem Staatsbankett mit dem Botschafter MacIntyre zur Einweihung des neuen Generalkonsulats der Vereinigten Staaten eintreffen wird. Es handelt sich um eine Eilbotschaft an den Präfekten, aber im Polizeipräsidium rechnet man boshaft damit, daß die »bonne nouvelle« weiter oben ankommen und ein anderer einschreiten werde, um den »Übergriff der Kavallerie« zu bestrafen.
Vigliotti, der zum königlichen Gefolge gehört, befindet sich auf der Schwelle zur Präfektur und fängt Boten und Botschaft ab. Ohne eine Miene zu verziehen, zwingt er den Kommissar, wieder in die Kutsche zu steigen, und steigt selbst mit ein. Er läßt sich vom Polizeipräsidenten empfangen, überredet ihn zu einem Gespräch mit Bignardi. Die Verhandlungen dauern eine halbe Stunde. Am Schluß der Kompromiß: Der junge Offizier wird seinem

Hauptmann übergeben, und dieser hinterläßt eine unterschriebene Erklärung, in der er sich verpflichtet, den Übeltäter streng zu bestrafen. Vigliotti setzt sich gerade noch rechtzeitig zum Kaffee ans Staatsbankett – und schweigt. Und nicht nur das, er findet sogar einen Weg, der Presse keinen Anlaß zum Klatsch zu geben: Er schlägt Bignardi vor, sich mit seinen Dragonern zum Corso Monforte, vor den Präfekturpalast, zu begeben und den Ehrendienst zu übernehmen – niemand könnte dagegen etwas einzuwenden haben oder Verdacht daraus schöpfen.

»Das«, bemerkte der König, »nennt man einen fähigen Mann.«

Villahermina unterdrückte eine mißbilligende Geste. »Ich sage ja nicht, daß Vigliotti nicht geschickt war«, antwortete er vorwurfsvoll; »es handelt sich jedoch eindeutig um eine dienstliche Anmaßung. Vielleicht wäre er ein guter Politiker oder Diplomat, aber ein Offizier braucht keine solchen Eigenschaften. Der soll dafür offen und aufrichtig sein.«

»Fehlt es ihm Ihrer Meinung nach an Aufrichtigkeit?«

»Wir haben persönlich nichts miteinander zu tun. Ich beziehe mich auf den Eindruck seiner Kameraden.«

»Mehr brauche ich nicht, Herr General.«

Mehr brauchte er wirklich nicht, um zu begreifen, daß man oben wie unten in Vigliotti einen fähigen Mann witterte und ihn bekriegte. Wann hatte er schon einmal jemanden um sich gehabt, der auch nur einen Finger gerührt hätte, um ihm einen Verdruß zu ersparen? Dienstliche Anmaßung, willkürliche Handlungsweise! Aber inzwischen hatte *er* in Ruhe mit MacIntyre zu Mittag essen können. Diese Masse von Feiglingen, die ihn umgab, alle wären sie glücklich gewesen, ihm die Laune zu verderben. Feiglinge oder auch Folterknechte, wenn sie konnten. Ihm kam der Gedanke, Vigliotti zu rufen, um ihn zu beglückwünschen und ihm eine Beförderung anzukündigen.

Nein, lieber nicht. Man soll nichts übertreiben. Gehen wir die Dinge mit Vorsicht an. Und keine Eile in der Visè-Angelegenheit. Erst eine günstige Gelegenheit abwarten, ehe man wieder davon anfängt.

Dieser Vigliotti war wirklich geschickt, äußerst geschickt. Er führte selbst die Gelegenheit herbei, indem er das Anliegen erneut vortrug, in offiziellerem Rahmen und in der gebotenen Form. Am Sonntag nach der ersten Unterredung hatte er Dienst. Als er sich mit einer Mappe unterzeichneter Schriftstücke aus dem Arbeitszimmer des Chefs zurückzog, erlaubte er sich an der Tür die Bemerkung:
»Ich bitte um Vergebung. Wegen des Besitztums Visè weist Frau Goltz-Krupp darauf hin, daß eine positive Entscheidung ihrem Landesherrn angenehm wäre. Sie hat die Ehre, bei Hof empfangen zu werden. Der Kaiser soll gesagt haben: ›Ich weiß von Ihrer Absicht, sich im Piemont eine Bleibe zu erwerben, und ich freue mich darüber; das ist eine der schönsten Gegenden Italiens.‹«
Der Chef begriff, daß er den mit soviel Geschick geworfenen Ball auffangen mußte.
»Ach ja. Das hatte ich ganz vergessen.«
Das stimmte zwar nicht, aber es genügte, daß es wahrscheinlich klang.
»Tja, ich wäre nicht abgeneigt. Unter einer Bedingung: Ich möchte keine Indiskretionen, und ich möchte keine Mittelsmänner. Befindet sich die Interessentin noch in Italien?«
Sie befand sich nicht mehr in Italien und würde für einige Zeit auch nicht dorthin zurückkehren können. Sie weilte in der Schweiz. Wenn Seine Majestät es wünsche, könne er, Vigliotti, sich mit der Angelegenheit befassen.
»Nein! Ich sage Ihnen doch, daß ich keine Mittelsmänner will. Die Goltz ist also in der Schweiz. Wo genau?«
»In Wassen, zur Rekonvaleszenz. Sie hatte eine Grippe und leidet an chronischer Arthritis.«
»Und wo liegt dieses Wassen?«
»Im Kanton Uri, gleich hinterm Gotthard. An der neuen Eisenbahnlinie des Gotthard-Tunnels.«
»Kennen Sie den Ort? Kann man dort jagen?«
Vigliotti kannte den Ort. Er selbst war zwar kein Jäger, aber soviel er wußte, gab es dort Jagdmöglichkeiten: Gemsen, Rehe, die typische Alpenfauna.

»Ist das eine vielbesuchte Gegend – gibt es Villen, Hotels, Thermalquellen, viele Menschen?«
Vigliotti antwortete mit der üblichen Unbeirrtheit:
»Nichts, leider. Nur ein paar einsame Hütten und ein Sägewerk. Außer dem großen Haus der genannten Dame. Es gibt zwar eine Quelle mit warmem Thermalwasser, aber die wird noch nicht genutzt.«
»Und in der Umgebung, was gibt es da?«
»Ein paar Kilometer weiter oben liegt Göschenen, ein Dorf mit einem Gasthaus, einem guten Gasthaus.«
»Wie viele Stunden Bahnfahrt von hier?«
»Ungefähr vier.«
Am nächsten Morgen verließ Vigliotti Monza mit einem neuen Urlaubsschein für zwei Tage »aus familiären Gründen«. In Wirklichkeit, und das wußte nur der Chef, befand er sich auf dem Weg in den Kanton Uri, als Vorposten.

In diesen letzten Augusttagen wunderten sich die Seinen, den König bei so guter Stimmung zu sehen. Er plauderte, lächelte, schüttelte Hände mit großer Herzlichkeit. Er hatte sich für das Abenteuer entschieden.
Abenteuer? Ach ja, wenigstens im Sinn von Neuheit. Im Vokabular des Berufs, »seines« Berufs, bedeuteten Wörter wie Ferien, Sommerfrische soviel wie Frondienst. Wenn es gut ging, blieben ihm in Racconigi oder San Rossore drei Stunden am Tag für sich. Monza war die reinste Filiale von Rom. Ob er zu Wasser oder zu Lande reiste, Freunde besuchte, auf die Jagd oder zum Fischen ging – alles verlief stets nach feststehenden, obligatorischen Zeit- und Wegplänen, wurde zur mehr oder weniger offiziellen Verpflichtung. Diesmal wäre es etwas Neues. Ein Inkognito, das keine bloße Farce war. Sich in einen Herrn X, Y oder Z verwandeln: also neu geboren werden oder die Welt ändern! Obendrein im Ausland, wo man das durchhalten konnte.
Das eigentliche Ziel der Unternehmung, der Grundstücksverkauf, trat ganz hinter den übrigen Plänen zurück.
Vigliotti war zum Gotthard-Kurier geworden: Er fuhr zwischen Monza und Göschenen hin und her, vier Reisen

in einer Woche. Dazwischen beriet sich der König mit ihm, instruierte ihn, leitete im verborgenen die Vorbereitungen, stolz wie ein kleiner Junge, der in der Kirche vorbeten darf, aufgeregt wie ein Rekrut am Ende der Dienstzeit.

Während des Feldzugs von 1866 hatte er in verlassenen und verstaubten Villen übernachtet, in einsamen Höfen und einmal sogar im Zelt. Aber er hatte keine Ahnung, wie man in einem Gasthof schlief. Vigliotti war gezwungen, ihm alles bis ins kleinste über das Hôtel Adler zu berichten, wo er sechs Zimmer vorbestellt hatte: über die Lage, die Größe, die Möbel in den Zimmern, die Einrichtung des Speisesaals, den äußeren Anblick, den Charakter des Hotelbesitzers. Er mußte nach Göschenen zurück, nur um sich zu erkundigen, ob man für Anfang September Gäste erwarte und wie viele; er fuhr erneut hin, um sich zu informieren, ob Anfang September die Jagd eröffnet sei und welche Lizenzen man dafür brauche.

Er fuhr bis in den Hauptort des Kantons, um sich die Lizenzen zu beschaffen.

Aus der Heimlichkeit der geplanten Reise ergab sich eine Reihe von Schwierigkeiten, die vorhergesehen und im voraus gelöst werden mußten. Der König ging sie jedoch geduldig an, wurde mit ihnen fertig. Es war noch nie vorgekommen, daß er wegfuhr, und sei es auch noch so privat, ohne ein Dutzend Minister und hohe Beamte über Bestimmungsort und Reiseroute zu unterrichten. Seine Verpflichtungen ließen ihn nicht los. Für diesen Fall war ein Hilfsziel nötig, wie die Artilleristen sagen, ein vorgetäuschtes und möglichst plausibles Reiseziel.

Man konnte eine Kreuzfahrt nach Korfu und in die Ägäis auf der Jacht seines guten Freundes, des Herzogs von Mèlito Portosalvo, vortäuschen; einen Besuch bei seiner Schwester, der Königin von Portugal, mit Aufenthalt in der Sommerresidenz Funchal. Er verwarf beides. Zu leicht nachzuprüfen, zu leicht, ihn zu entlarven. Eine Reise nach Sibari und Metaponto in Kalabrien, um die Ruinen der Magna Grecia zu erforschen. Ebenfalls zu leicht kontrollierbar, ganz abgesehen davon, daß er sich noch nie für Archäologie interessiert hatte und alle Welt das wußte.

Die beste Lüge ist immer die banalste: Am einfachsten war es, den anderen vorzutäuschen, er ginge im Piemont auf die Jagd, ohne genau zu sagen, wo: in der Provinz Cuneo oder im Valle di Cogne, in der Gegend des Gran Paradiso oder im oberen Susa-Tal (mit der Möglichkeit, hin und wieder die Grenze nach Frankreich zu überschreiten); und wer konnte ihn da oben schon ausfindig machen, überprüfen? Wenige Straßen, Kutschen kamen da nicht hin; mit der Geschichte von der Jagd im Hochgebirge sicherte er sich auch noch den Vorteil der Beweglichkeit, heute hier und morgen wer weiß wo.

Auf der anderen Seite gab es das Problem, wenigstens ein Minimum an Verbindung zu halten. Schwierig. Er dachte lange darüber nach und fand schließlich eine Lösung. In Monza sollte der Baron Guillet verschlüsselte Telegramme an die vereinbarte Adresse schicken. Einen knappen und etwas boshaften Code dazu dachte sich der König in einer halben Stunde aus und amüsierte sich dabei. »Vorsteher« stand darin für den Präsidenten des Staatsrates, »Knauserer« für den Schatzminister und faktischen Vizepräsidenten des Staatsrates, Giolitti, »Hauslehrer« für den Kriegsminister, »Hühnerhof« für Abgeordnetenkammer, »Peitsche« für Königliches Dekret. Und so weiter. »Kleiner Gefreiter« bedeutete Prinz von Neapel (der Thronfolger), »Ita« Margherita (die Königin). Im übrigen, dachte er, würden Telegramme vielleicht gar nicht notwendig sein. Ein Verbindungsmann konnte ab und zu nach Monza hinunterfahren und dann die dringenden Nachrichten mitbringen.

Gherardesca, der Vorstand des königlichen Sekretariats, und Guillet, der Vizevorstand, beide noch nicht eingeweiht und etwas erstaunt über die große Geschäftigkeit des Königs, mühten sich mit ihren Leuten unermüdlich, Liegengebliebenes aufzuarbeiten und das für eine gewisse Anzahl von Tagen Vorhersehbare vorzubereiten. Der Chef erteilte Instruktionen für jede denkbare Eventualität. Er unterzeichnete dutzendweise Dokumente, manche sogar blanko. Man schickte Verfügungen nach Rom,

damit man dort seiner bevorstehenden Abwesenheit Rechnung trage. Zum Glück ist Rom von Mitte August und während des ganzen Septembers eine tote Stadt (genauer: noch mehr tot als sonst). Es sind die Wochen der Malaria. Auch die politische Aktivität ruht; die Kammern sind geschlossen, die Botschaften verlassen, die Ministerien verwaist, die Minister und die Parteioberhäupter weit weg, ebenso die Parteimitglieder, die Zeitungen reduziert auf ein Viertel der normalen Auflage.
Der Präsident des Staatsrates Crispi befand sich in Fiuggi (Latium) zur Thermalkur. Der Schatzminister Giolitti zum gleichen Zweck in Bognanco (Provinz Novara). Sie waren also beruhigend weit voneinander entfernt.

In der nördlichen Residenz – Monza – ging dagegen das übliche emsige und festliche Leben weiter, begünstigt durch die angenehme Kühle der grünen Lombardei (während der mißachtete »Stiefel« von Bologna abwärts unter der Hitze eines glühenden Sommers schmachtete, die jeden Grashalm versengte; dieser Sommer 1889 sollte als »afrikanischer Sommer« im Gedächtnis bleiben). Die Königin gab vor ihrer Abreise nach Courmayeur ihre letzten Empfänge, nachmittags und abends, ohne dabei ihre Wohltätigkeitspflichten zu vernachlässigen, ihre Blumenzüchter- und Turnverbände, ihre Handwerksvereine, ihre Hospitäler, Waisenhäuser, Altersheime. Ihre Abreise war auf Montag, den 27. August, festgesetzt. Von dieser Seite her war also nichts zu befürchten. Er würde am 31. abreisen.
Blieb die Herzogin in Vedano sul Lambro, zehn Karossen-Minuten vom Palast entfernt. »Blieb« war eigentlich nicht der richtige Ausdruck, denn sie führte das Zigeunerleben einer verbissenen Touristin und hielt sich nie länger als vierundzwanzig Stunden am gleichen Ort auf, sondern reiste beständig von San Pellegrino nach Castiglioncello, von Castiglioncello nach Evian oder Paris, Venedig, Florenz. Jetzt weilte sie gerade in Vedano, aber am Vormittag war sie in der Stadt, in Mailand, ganz mit dem Auspacken ihres letzten Gepäcks (34 Stück, Koffer, Schuhbehälter und Hutschachteln zusammengenommen) und der Vorbereitung des neuen beschäftigt, das sie ins Seebad Viareggio beglei-

ten sollte. Die Leidenschaft, in der sie für *ihn* entbrannt war und die sie seit Jahren immer magerer werden ließ, hatte sie noch nie davon abgehalten, sehr gut tausend Meilen entfernt von dem Geliebten zu leben. Der hatte sich nolens volens daran gewöhnt, auf sie zu verzichten, und pflegte mit gemäßigter Bitterkeit zu bemerken, daß kein noch so glühender Liebhaber für eine Frau das Rundreisebillett der Agentur Cook aufwiegen könne.

Eine Komplikation verursachten die Pässe. Hatte in der freien Schweiz je einer daran gedacht, einen Fremden nach dem Paß zu fragen? Gut, aber er fühlte sich ein bißchen als Ausreißer, als ein nicht unverdächtiger Reisender. Die Papiere wollte er in Ordnung haben, man wußte nicht, was passierte. Doch die zuständige Behörde, das Außenministerium, das die Pässe auf seinen Wink hin sofort ausgestellt hätte, durfte nichts erfahren. Da erschien im rechten Augenblick und ausgerechnet vom Staatsrat geschickt, der Kabinettsvorsteher Baron d'Invorio. Dieser d'Invorio, ehemaliger Botschafter, war ein alter piemontesischer Freund. Er übernahm die Angelegenheit, rasch und präzis. In wenigen Tagen kamen die fünf Pässe in einem dick versiegelten und streng vertraulichen Umschlag an, direkt adressiert an Seine Majestät.

Er nahm sich den seinen (ausgestellt auf den Namen Conte Filiberto di Moriana) und verteilte die übrigen. Da war einer für Mancuso, seinen Kammerdiener. Einer für Doktor Brighenti, Oberhof- und Leibarzt. Ein dritter für einen Herrn Gherardini, mit richtigem Namen Della Gherardesca, Conte Brando, der eben erst erfuhr, daß er zur Reisegesellschaft gehöre.

Der neue Gherardini protestierte:

»Man erweist mir Ehre, mich einzuladen, aber man erweist mir zuviel Ehre, mich auch noch inkognito reisen zu lassen.«

»Sie«, erwiderte der Chef, »sind nicht irgendein Mancuso oder Brighenti. Dank dieses Ugolino in Dantes Inferno ist Ihr Geschlecht bekannter als das meine. Sogar für einen, der nur Mittelschule hat.«

»Aber in einem Schweizer Bergdorf...«

»Die Pedanterie der Schullehrer reicht überall hin.«

Der fünfte Paß erwartete auf dem königlichen Schreibtisch den Kapitän Vigliotti, der am nächsten Morgen von seiner fünften Mission nach Göschenen und Wassen zurückkommen mußte.
Vorbereitungen, Vorkehrungen, Vorsichtsmaßnahmen, für alles hatte er gesorgt, der König. Da er an soviel Unabhängigkeit und Erfindungsreichtum nicht gewöhnt war, fühlte er sich über die Maßen stolz. Er hatte kein einziges Detail vernachlässigt. Um sich unkenntlicher zu machen und daneben auch noch seinen Haarwuchs, der Ausfallserscheinungen zeigte (aber wer entkommt dem schon mit fünfundvierzig?), zu fördern, hatte er seinen Barbier angewiesen, ihm den Kopf völlig kahlzuscheren. Seine Gattinnen waren weit weg, und während seines Aufenthalts da oben würde er mit Frauen nichts zu tun haben. Abgesehen von der alten Goltz.

Ein schweres, unvorhergesehenes Hindernis kam aus heiterem Himmel, drei Tage vor der Abreise. Vigliotti hatte bei seiner Rückkehr gute Nachrichten mitgebracht: der Gasthof halbleer, bereit, die Gesellschaft aufzunehmen, Frau von Goltz wartete und hatte sich zu absolutem Stillschweigen verpflichtet. Ausgezeichnet.
»Und hier, lieber Vigliotti, ist Ihr Paß.«
Der Kapitänleutnant war jemand, der sich ausgezeichnet zu beherrschen verstand, aber die Überraschung, die er jetzt empfand, war nicht zu verbergen. Und sie war andererseits auch nicht vortäuschbar.
»Eure Majestät erwarten, daß auch ich mitfahre?«
Die gleiche, jedoch indignierte Verwunderung auf dem Gesicht seines Gesprächspartners.
»Was soll das heißen: Ich erwarte?«
»Ich bitte um Vergebung. Ich war nur mit der logistischen Organisation betraut. Und man hatte mir ausdrücklich gesagt, daß man *keine* Mittelsmänner wünsche.«
»Sie sind doch nicht dumm, Vigliotti. Sie, Sie ... reden wider besseres Wissen.«
»Ich kann das Gegenteil beweisen. Ich habe vor drei Monaten einen Urlaub von dreißig Tagen erbeten und erhalten. Beginn 1. September.«

»Einen Urlaub von dreißig Tagen?«
»Einen Heiratsurlaub. Ich verehelige mich.«
»Gehen Sie. Gehen Sie! Und erwarten Sie meine Befehle.«
Dem König fielen die Arme herunter. Dieser Mensch, mochte er noch so mittelmäßig sein, war einfach nicht zu ersetzen. Freund der alten Goltz und Überbringer des Kaufangebots. Der einzige, der Visè und den Ort ihres Treffens kannte. Der einzige von ihnen, der die deutsche Sprache beherrschte.
Ob er versuchte, mit dieser Urlaubsgeschichte den Preis für seine Dienste hinaufzuschrauben? Die Maklergebühr?
Noch am selben Abend zeigte ihm der Stellvertreter von General Villahermina (letzterer in Ferien) das Blatt im vorgeschriebenen Protokollformat, auf dem Vigliotti mit Datum vom 15. April sein Gesuch um einen Sonderurlaub von 30 Tagen, Beginn 1. September, eingereicht hatte. Zweck: »Eheschließung«. Der Vermerk »genehmigt« mit dem Namenszug des Generals Villahermina, Befehlshaber der bei Hof stationierten Truppen, war datiert vom 20. April. (Bei einem einfachen Ordonnanzoffizier war die höhere, das heißt *seine* Genehmigung nicht erforderlich.) Also nichts zu machen.
Er stand auf, um zum Abendessen zu gehen. Als er das Vestibül durchschritt, sah er den Schuldigen am Ende der Loggia, die zu seinen Arbeitsräumen führte. Unter einem Arkadenbogen stehend, wartete Vigliotti. Seit 17.30 Uhr, als er ihn entlassen hatte: seit zwei Stunden! Nur mit der stummen Gesellschaft der beiden Diener, die in zwanzig Meter Entfernung den Eingang der Loggia bewachten.
Vigliotti erlaubte sich nicht, einen Schritt zu machen. Er stand stumm da, eine finsterblickende Schneiderpuppe in strenger blauer Uniform.
Der König rief ihn zu sich. Er fühlte, daß er ihm eine Andeutung von Gewissensbiß schuldig war.
»Kommen Sie nach dem Essen zu mir. Dann reden wir.«
»Mit Verlaub Eurer Majestät: Ich habe einen Plan, den ich aber jetzt sofort unterbreiten müßte.«

Er deutete mit dem Kopf auf die beiden Diener. Der König verstand, machte ein Zeichen, die zwei verschwanden.
»Ich verzichte auf den Urlaub. Ich verschiebe meine Hochzeit. Ich werde heute abend abreisen, um meine Braut zu verständigen.«
»Sehr gut. Wer ist Ihre Braut?«
»Clara dei Marchesi Mansolin, aus Padua.«
»Sehr gut. Ich gebe Ihnen sechsunddreißig Stunden.«
»Mehr als genug, danke. Ich habe um 21.15 Uhr einen Zug von Mailand. Ich möchte Eure Majestät fragen, ob sie etwas dagegen hätte, wenn ich meine Braut einlüde, mir in die Schweiz nachzureisen. Sie würde in einem Ort in der Nähe meines Aufenthalts Unterkunft nehmen.«
Der König kitzelte sich mit seiner linken Schnurrbartspitze am Ohrläppchen. Zeichen konzentrierter Aufmerksamkeit.
»Tja. Wird die Signorina den Mund halten können? ... Ich meine, das Geheimnis wahren?«
Vigliotti verfinsterte sich wahrnehmbar.
»Wie ich. Besser als ich.«
»Wenn dem so ist, dann habe ich nichts dagegen. Schaffen Sie den Zug um 21.15 Uhr?«
»Ich werde mein Möglichstes tun.«
Der König ging weg. Dann kehrte er zurück.
»Suchen Sie meinen Stallhofmeister Caracciolo. Sagen Sie ihm in meinem Auftrag, er soll Auburn und Berenice einspannen lassen. Das ist einer meiner besten Zweispänner. Ein gutes Stück vor neun sind Sie damit in Mailand.«

III

»Crispi ist noch in Fiuggi, Giolitti noch in Bognanco.«
»Sind Sie sicher?« insistierte der Conte.
Gherardesca (Gherardini) war ganz sicher. Er hatte gestern noch eine telegraphische Bestätigung erhalten.
»Ich möchte nicht, daß der eine oder der andere mich um meine Ruhe bringt.«
»Ich garantiere Ihnen, daß sie uns nicht stören werden.«
Schweigen.
»Wissen Sie«, nahm der Conte das Gespräch wieder auf, »was Voltaire gesagt hat? Das Königtum ist ein Schauspiel, mehr zum Weinen als zum Lachen.«
Gherardesca deutete im Sitzen eine Verbeugung an:
»Ein gelehrtes Zitat. Wenngleich sehr pessimistisch. Mein Compliment, Signor Conte.«
»Das ist nicht auf meinem Mist gewachsen. Ich habe es von Margherita gelernt. Die Klassiker hat meine Frau alle parat.«
Dieses Gespräch fand in einem reservierten Eisenbahncoupé des Schnellzugs Rom-Basel statt, der um 7.00 Uhr morgens von Mailand abgefahren war. Die beiden saßen allein, der Rest der Gruppe war auf andere Waggons verteilt. Trotz all der von ihm getroffenen Vorsichtsmaßnahmen fühlte *er* sich nicht sicher. Als sie durch Monza fuhren, drückte er sich in eine Ecke und bedeckte sein Gesicht mit dem Taschentuch, obwohl der Zug gar nicht hielt. Neue Erregung in Chiasso, wo die Schweizer Zollbeamten kurz auftauchten.
Dann begann er sich zu langweilen. Er bat seinen Begleiter, ihm etwas vorzulesen.
»Es tut mir leid«, antwortete Gherardesca, »aber Sie haben mir den Befehl gegeben, weder ein Buch noch eine Zeitung mitzunehmen.«
»Lesen Sie mir aus dem Baedeker vor.«
»Die Bahnlinie, die von der Lombardei über den St. Gotthard in die deutsche Schweiz führt, ist ein Meisterwerk

der modernen Technik, ein wahrer Triumph des Fortschritts, der unser ganzes XIX. Jahrhundert prägt und der nach den Grenzen zwischen den Völkern bald auch die Kriege abschaffen wird, die Armut, die Unwissenheit, vielleicht sogar die Krankheiten ... Im Norden von Bellinzona verläuft der Schienenweg am Fluß (dem Tessin) entlang, überquert ihn manchmal auf schwindelnden Viadukten. Die Landschaft wird immer rauher und wilder, gewaltige Felsen verstellen den Weg, und schneebedeckte Gipfel grüßen majestätisch herüber, während sich die Luft abkühlt und mit Tannenduft erfüllt. Zahlreiche Tunnels führen zwischen Giornico und Airolo den Zug in das Innere der Berge, bevor er den großen Gotthard-Tunnel erreicht. Sieben Tunnels sind zur Ersteigung der Talstufen spiralenförmig in den harten Granit gebohrt worden, wie die Wendeltreppe eines Kirchturms ... Die Reisenden sehen mit Erstaunen und Bewunderung, wie der Zug einige Dutzend Meter weiter oben, als er in den Berg eingefahren ist, aus der Steilwand heraustritt und eine Brücke passiert ... Und es kann vorkommen, daß sich in diesen Höhen ein Adler neben dem Zug in die Lüfte schwingt, aufgeschreckt durch den Lärm und die Geschwindigkeit des Ungeheuers, das es wagt, ihm seine Domäne streitig zu machen...«
»Basta! Basta!«
Der Conte hatte sich auf der gepolsterten Bank des Coupés ausgestreckt und fächelte sich mit beiden Händen Kühlung zu.
»Zum Teufel, hier drinnen erstickt man ja. Öffnen Sie! Ich bekomme keine Luft.«
Gherardesca bekam Angst. Er öffnete das Fenster.
»Signor Conte. Ihnen steht der Schweiß auf der Stirn. Sie haben Herzklopfen!«
»Ja, noch was. Vielleicht gar Herzpalpitation.«
Dennoch regte er sich weiter auf.
»Hält dieser verdammte Zug denn überhaupt nie?«
Er hielt in Bellinzona. Gherardesca stürzte hinaus, auf der Suche nach Brighenti, dem Leibarzt. Der saß im nächsten Waggon, hatte die Zeitung weggelegt, um auf deutsch eine Konversation mit seiner einzigen Reisegefährtin zu ver-

suchen, einer rundlichen und etwas schüchternen Touristin, die dem Alter nach seine Tochter sein konnte. Der »unglaubliche Oberhofarzt«, wie Gherardesca ihn im stillen betitelte, beugte sich einen Moment später über den Chef. Er knöpfte ihm den Hemdkragen auf, lockerte ihm den Schlips.
Unter der dicken, fleischigen Nase hing der große Schnurrbart des Conte kraft- (oder pomaden-)los herunter.
»Wie, Sie fühlen mir den Puls? Laßt mich lieber aussteigen!«
Aber der Schnellzug hatte sich schon wieder in Bewegung gesetzt. Im übrigen wies der Puls keinerlei Unregelmäßigkeit auf.
»Die Pantoffeln! Wo ist Mancuso? Mich drücken die Stiefel.«
Das Coupé öffnete sich nach beiden Seiten ins Freie, aussteigen konnte man nur an den Haltestationen. Es gab keine Möglichkeit, den Kammerdiener zu rufen. Brighenti nahm sich einen Fuß des Chefs in den Schoß und begann, den Stiefel aufzuknöpfen.
»Nein, lassen Sie das! Lassen Sie mich in Ruhe! Ich bräuchte einen Kaffee. Aber den habt ihr natürlich nicht.«
Doch, Brighenti hatte welchen. In einer Feldflasche, noch warm.
»Sie sind ein echter Arzt«, dankte der König trinkend von seiner Bank aus. »Ich versichere Sie erneut ... meines vollsten ... Vertrauens.«
»Wissen Sie, ich finde Ihren Zustand eigentlich sehr gut, wirklich. Ein bißchen nervöse Müdigkeit, die viele Arbeit in den letzten Tagen. Vielleicht eine leichte Klaustrophobie hier drinnen in dieser Enge. Aber Herzpalpitation, nein. Das schließe ich aus.«
Der Conte war es gewöhnt, im Zug über ganze Waggons zu verfügen, mit Sälen und Korridoren und allzeit bereiten Dienern. Seine erste Erfahrung als einfacher Bürger erwies sich als nur mäßig angenehm. Brighenti hatte den schlechten Einfall, ihn darauf aufmerksam zu machen.
»In Ihrem Zug zu reisen, das ist natürlich etwas ganz

anderes, das ermüdet viel weniger. Für uns ist ein reserviertes Abteil ein Luxus, für Eure Majestät...«
Der Conte richtete sich hoch.
»Wenn Sie noch einmal so daherreden, wenn Sie noch einmal diesen Titel gebrauchen, dann schicke ich Sie auf der Stelle nach Monza zurück – oder nach Porretta!«

Mit dem Thermalbad Porretta verband sich für den Conte die Erinnerung an zwei unterschiedliche Begegnungen, eine mißliche mit einer schönen Frau, die seinen Antrag mit einem glatten Nein beantwortet hatte (entweder aus Liebe oder Treue zu einem Ehemann), die andere mit Brighenti, dem Bologneser Badearzt. Brighenti war ein ganz gewöhnlicher Arzt, ohne besondere Wissenschaft, aber mit einem gesunden Menschenverstand und einer soliden dreißigjährigen Erfahrung. Er hatte ihn innerhalb weniger Stunden von einer Leberkolik kuriert, hatte sein Wohlgefallen erregt mit seinen Sprüchen, die er im Dialekt von sich gab, und nicht zuletzt durch seine spontane Definition jener schönen Widerspenstigen als »dieser dummen unsympathischen Person«, deren einzige Beschäftigung darin bestehe, von Montecatini und Vichy zu schwärmen und Porretta mit seinem Wasser und seinem Klima schlechtzumachen. Einen Monat später wurde Brighenti nach Rom geholt, und noch im gleichen Jahr avancierte er zum Hofarzt und Privatdozenten für Hydropinologie.
Sollte er jetzt auf dem Weg zum Gotthard seine Position aufs Spiel setzen wollen?
»Keine Rose ohne Dornen, Signor Conte. Die Rose ist Ihre Freiheit. Hier kennt Sie keiner, Sie sind wie ein Vöglein im Walde, sozusagen. Bei allem Respekt natürlich. Und die kleinen Beschwerden gehen gleich vorüber.«
Von der Polsterbank erhob sich mit gereizter Geste ein Arm.
»Doch bestimmt, das ist gleich vorbei. Noch einen Schluck Kaffee, und dann zünden Sie sich ruhig Ihre Zigarre an, ein paar Züge werden Ihnen guttun, wirklich. Die schaden Ihnen ganz und gar nicht.«
Inzwischen hatte der Zug Bellinzona hinter sich gelassen und kletterte nun zu den von Baedeker angekündigten

rauhen und wilden Orten empor. Die Luft, die hereindrang, wurde wirklich alpin – kühl, wenn nicht sogar kalt; es regnete. Ohne sich den Hemdkragen wieder zuzuknöpfen, stand der Conte auf, um sich die Beine zu vertreten, stellte sich einen Augenblick ans Fenster. Dann setzte er sich wieder, erschien erfrischt und nahm nun an den Manövern der beiden anderen teil, die jedesmal, wenn man in einen Tunnel fuhr, aufsprangen und die Fenster hochschoben, um den Rauch nicht hereinzulassen, und sie wieder herunterzogen, sobald der Zug den Tunnel verließ. Plötzlich löschte ein Windstoß die Petroleumlampe aus, die das Abteil während der dunklen Intervalle erleuchtete. Auf den Polsterbänken stehend, machten sich Brighenti und Gherardesca lange an der großen, von der Decke hängenden Lampe zu schaffen und verbrauchten dabei eine ganze Schachtel Streichhölzer. Es war nichts zu machen: Das komplizierte Gebilde aus wackelnden Messingteilen verweigerte nach einem kurzen Aufflackern den Dienst, und schließlich blieben sie endgültig im Dunkeln – genau in dem Moment als sie in den großen Tunnel einfuhren. Vierzehn Kilometer, zwanzig Minuten Fahrzeit in tiefer Finsternis. Lachend, aber doch auch ängstlich suchten sie sich tastend und riefen einander beim Namen.
»Brighenti!«
»Gherardesca!«
»Signor Conte!«

Nebel. Nebel. So dicht, daß ihn nicht einmal die Laternen des Stellwagens durchdrangen, der sie vom Zug zum Hotel gebracht hatte. So kalt, daß es keiner riskieren wollte, noch auf Entdeckung auszugehen. Statt dessen verbrachten sie den Nachmittag im Salon vor einem brennenden Kamin: Gherardesca und Brighenti, denn der Conte ruhte sich auf seinem Zimmer aus, und Vigliotti war nach Wassen weitergefahren.
Alles still und ausgestorben, alles grau und verschwommen. Ihre Vorahnungen gleichermaßen düster: die Gesundheit des Conte, die Stimmungen des Conte, seine Befehle (»Packt die Koffer! Ich habe bereits genug!«). Ungerechtfertigte oder zumindest unzutreffende Be-

fürchtungen, denn der Conte hatte zwei Stunden lang geschlafen, friedlich wie ein Säugling, und jetzt lag er ganz still auf dem Bett und bestaunte seine Umgebung: das Zimmer ganz aus Tannenholz – Wände, Fußboden und Decke. Ein süßer Duft ging von dem Holz aus, nicht so sehr nach Harz als nach wildem Honig, und honigfarben war es auch unter seiner Schicht von Kopallack. Der Waschtisch mit dem Krug und der geblümten Waschschüssel, der in die Wand eingelassene Schrank: Das war die ganze Ausstattung. Neben dem Bett ein alter, gerahmter Druck mit den Lebensaltern des Mannes von der Wiege bis zur Bahre, mit winzigen Bildunterschriften in gotischen Buchstaben. Außerdem zwei Stühle aus hellem Holz.

Wie? Diese Schlichtheit erhob den Anspruch, ihn zu umgeben, ihn zu besitzen, und sei es auch nur für ein paar Tage? Unmöglich! – Und doch schwang etwas wie Nachsicht, Staunen und Dankbarkeit in dieser Antwort mit. Sicher, die Handtücher waren von makellosem Weiß und tadellos gefaltet, und die Gläser in ihren Nickelringen neben dem Waschtisch so sauber gerieben, daß sie im Dämmerlicht funkelten: Sie ließen an eine Quelle denken, die über Felsen fließt. Aber hier zu schlafen, sich zu bewegen, zu wohnen: War das möglich? Und diese belebte, gar nicht melancholische Stille mit einem fernen, für ihn, der etwas schwerhörig war, kaum wahrnehmbaren Wasserrauschen im Hintergrund (Fluß oder Wildbach?)? Er holte aus seinem Koffer ein kleines Heft, in das er kurze, sachliche Notizen einzutragen pflegte, Dinge, die am Tag getan worden oder noch zu tun waren, selten einmal Eindrücke, nie irgendwelche Betrachtungen (das lag ihm nicht). Mit Bleistift schrieb er nun: »*Cette petite pièce où l'on m'a confiné.*« Und dann auf Piemontesisch: »*A'm piàs, a'm piàs* – mir gefällt's, mir gefällt's.«

Gherardesca und Compagnon sahen ihn in Pantoffeln und Morgenmantel im Salon erscheinen, wo sie resigniert in alten Nummern der *Zürcher Illustrierten* blätterten. Ihnen blieb der Mund offen. Und was das Schönste war: Der Conte lächelte.

»Wo kann man hier einen Kaffee bekommen?«

Eine Saaltochter in Tracht – schwarzer Rock und grünes Mieder mit klingenden Silberkettchen – brachte ihm eine randvoll gefüllte Kanne. Gleich darauf stürzte Mancuso herein:
»Signor Conte! Vorsicht, das ist eine Brühe, ein Gesöff. Ich mache Ihnen einen richtigen Kaffee. Ich habe meine Espressokanne dabei.«
Aber er beruhigte ihn: »Und wenn ich das Gesöff vorziehe? Besorg mir lieber eine Wärmflasche für heute abend.« Damit nahm er vor dem Kamin Platz und blieb dort über eine Stunde sitzen und plauderte. Gherardesca und Brighenti wechselten verwunderte Blicke.
Um sieben zog er sich zurück. »Ich esse auf dem Zimmer. Das hübsche Mädchen soll mir servieren. Mancuso hat frei. Und ihr natürlich auch. Genießt eure Ferien!«
Da war wenig zu genießen. Draußen ließ sich kein Haus, keine Menschenseele entdecken. Drinnen bestand die Gesellschaft aus drei älteren Ehepaaren, Schweizern, mit denen sie gegessen hatten, ohne auch nur ein Wort zu wechseln, den Gherardesca konnte überhaupt kein Deutsch und Brighenti nicht genügend, um es gern zu sprechen.
Um neun Uhr, als Gherardesca zum Schlafen hinaufging, lief ihm der Portier mit einem Telegramm in der Hand nach. Das fing ja schon gut an! Gott sei Dank kam das Telegramm von Vigliotti, der es vor zwei Stunden in Wassen aufgegeben hatte. »Abfahrt unmöglich – übernachte Haus von Goltz – ankomme morgen früh erster Zug.«

Der Nebel hatte sich verzogen, aber es regnete heftig, als der Conte am nächsten Morgen durch eines seiner kleinen Fenster (das er mit seinen breiten Schultern ganz ausfüllte) schaute. Drunten, auf der Wiese hinter dem Hotel, gestikulierte Mancuso mit drei bärtigen Männern in kurzen Lederhosen, Nagelschuhen und mit Bergstöcken: der Träger und die beiden Treiber, die von Vigliotti im voraus für die Jagd angeworben worden waren. Der Conte zog sich an und ging hinunter. Mancuso, der aus dem kalabresischen Aspromonte stammte, war früher ein guter Jäger auf Rehe und Wildschweine gewesen. Durch Zeichen verständigte er sich ausgezeichnet mit den Männern, doch vertrat er die Ansicht, daß sich bei dem schlechten Wetter das Wild eher den Dörfern nähere und man daher mit dem Treiben anfangen könne, während die anderen diese Meinung nicht teilten und zum Abwarten rieten. Auch sei es für die Fremden gefährlich aufzusteigen, solange man mit Nebel rechnen müsse. Dieser stumme, weitgehend auf Mimik reduzierte Dialog amüsierte den Conte eine ganze Weile. Schließlich befreite er die drei Männer und ließ sich von Mancuso zu einer ersten Erkundung des Ortes begleiten. Unter einem riesigen Schirm, den sie vom Portier ausgeliehen hatten, gingen sie die Landstraße entlang, die vom Paß herunterführt und in der Dorfmitte ein großes S beschreibt, mit dem sie den Abgrund überquert, in dem die Reuß fließt.

Genauer gesagt, in dem sich die Reuß auszuruhen scheint. Denn wenn man von der alten Steinbrücke hinabschaut, liegt der Fluß grün und tief drunten und täuscht die Ruhe eines Sees vor. Der Conte verweilte an der Brüstung unter dem Vorwand, mit dem Auge die Sprungtiefe abzumessen: dreißig Meter, vielleicht auch fünfunddreißig. In Wirklichkeit wollte er sich vergewissern, daß ihm nicht schwindlig wurde. Man hatte ihm gesagt, das sei eines der Warnsignale männlicher Altersbeschwerden.

Ansonsten außer dem Gemeindehaus nur einige wenige armselige Häuser aus Stein und Holz (einem durch das Alter halb versteinerten Holz), die Poststation der Gotthardlinie, die Bäckerei, ein paar kleine, verstaubte Läden. Die boten ihm jedoch Gelegenheit zu einem seltenen Erlebnis: Einkäufe zu machen.

Geldscheine herausziehen, Münzgeld zurückbekommen, das tun, was die anderen beneidenswerterweise täglich tun dürfen. Er kaufte Briefmarken und Postkarten, die er nicht verschicken würde, Schokolade, die er nicht essen würde, weil es ihm sein Arzt verboten hatte, ein Fläschchen Schnaps, das er Mancuso schenkte, hübschen und billigen Krimskrams, so recht nach Art eines Touristen, der seine knapp bemessenen Schweizer Franken gut anlegen will.

Als er wieder ins Hotel trat, kam ihm Vigliotti entgegen und brachte seine Entschuldigung vor.

»Wofür?«
Er sei gezwungen gewesen, die Nacht in Wassen, bei Frau von Goltz, zuzubringen, da die Landstraße durch den Regen von mehreren Erdrutschen unterbrochen war und die Postkutschen nicht verkehrten. So habe er den Personenzug am Morgen abwarten müssen, denn die Fernzüge hielten nicht in Wassen.
»Aber Sie hätten doch bleiben können. Es drängt ja nichts.«
»Was die gewissen Verhandlungen betrifft, hat Frau von Goltz die Ehre, Ihnen mitzuteilen ...«
»Darüber sprechen wir später.«
»Verzeihen Sie, aber später bin ich vielleicht nicht mehr hier. Ich fahre mit dem Zug um elf. Fräulein Mansolin, meine Braut, kommt um elf Uhr an, und mit Ihrer gütigen Erlaubnis werde ich sie nach Andermatt begleiten. Falls nichts Unvorhergesehenes passiert, bin ich heute abend wieder zurück.«
»Aber warum so weit weg?«
»So haben es der Signor Conte verfügt.«
»Ich?«
»Auf meinen Vorschlag hin. Aus Gründen der Diskretion.«
»Aber sagen Sie, reist Ihre Braut allein oder mit einer Anstandsdame?«
»Fräulein Mansolin«, antwortete der Befragte mit gemessenem Ernst, »reist nicht allein. Sie befindet sich in Begleitung einer Gesellschafterin reiferen Alters, ihrer ehemaligen Lehrerin, Frau Schwartz, die schon seit Jahren bei ihr ist.« »Na also, warum bringen Sie dann das Mädchen nicht hierher? Das Hotel ist gemütlich, fast leer, Platz finden Sie, soviel Sie wollen.«

Im Unterschied zu vielen Schweizer Hotels jener Zeit gab es im Hôtel Adler keine *Table d'hôte*, keine gemeinschaftliche Tafel.
Jeder Gast oder jede Gruppe hatte einen eigenen Tisch in dem Speisesaal mit der niederen Kassettendecke (»A. D. 1611« kündete eine Inschrift), in den das Tageslicht durch die bleigefaßten, ebenfalls datierten und

signierten Scheiben auf die holzgetäfelten Wände fiel, Wände von einer seltenen Lachsfarbe: der Patina, die das Holz der rätischen Tanne, eine Besonderheit jener Gegend, mit der Zeit annimmt. Holz und Licht konnten an eine Sakristei oder an die Werkstatt Gutenbergs erinnern, und doch hatte das Ganze etwas Freundliches und Anheimelndes: die mit hübschen grünen oder gelben Polstern belegten Eichenstühle, die roten Geranien auf den Fenstersimsen, die mit Alpenrosen bestickten Tischtücher, die einladend funkelnden Krüge und Gläser.
Die Gaststube war nicht groß. Von einem Ende zum anderen konnten die Gäste einander gut sehen und vor allem hören. Die Schweizer (oder deutschen oder österreichischen?) Ehepaare gaben ein zurückhaltendes Gemurmel von sich. Der Conte und seine Begleiter in Fensternähe steuerten mit kräftigerem Timbre bei, *à l'italienne*. Von der gegenüberliegenden Seite, wo der riesige Kachelofen schlummerte, vernahm man eine junge weibliche, nicht allzu harmonische Stimme, die im Wechsel von gedämpften und schrillen Tönen italienisch und deutsch auf eine Frau in schwarzer Perücke und Spitzenhaube einredete, die ihrerseits vor allem damit beschäftigt war, den Gerichten der einheimischen Küche zu Leibe zu rücken (einer alles andere als appetitanregenden Küche, wie der Bologneser Brighenti und der Florentiner Gherardesca bekümmert feststellten).
Nach Beendigung ihrer ersten Mahlzeit in Göschenen stand Clara Mansolin auf, während Frau Schwartz noch auf den Kaffee wartete, und zog sich mit anmutiger Bescheidenheit zurück, nicht ohne vorher in Richtung des Conte eine Geste der Reverenz und ein Lächeln angedeutet zu haben – beides so gut dosiert, daß es nur vom Adressaten wahrgenommen wurde.
»Ich möchte nicht indiskret sein«, sagte er zu Vigliotti, »aber wie alt ist das Fräulein Braut eigentlich?«
Und als er hörte, daß sie einundzwanzig war:
»Sie wirkt drei oder vier Jahre jünger. Aber bitte, folgen Sie ihr doch, wenn Sie wollen.«
»Wäre der Signor Conte vielleicht geneigt, noch einmal über die geschäftliche Angelegenheit zu sprechen? Frau

von Goltz läge viel daran, empfangen zu werden. Sie fährt in wenigen Tagen nach Deutschland zurück, um der Hochzeit ihrer einzigen Nichte beizuwohnen.«
Nichts zu machen. Verpflichtungen auch hier.
»Gut, ich erwarte Frau von Goltz morgen früh um elf. Suchen Sie eine Möglichkeit, ihr das mitzuteilen. Auch ich habe es eilig, die Sache hinter mich zu bringen, sagen Sie ihr das. Ich noch mehr als sie.«
Seit jeher war er gewohnt, die Welt in Gut und Schlecht zu unterteilen, ohne Stufen und Übergänge, und alles, zu dessen Genuß er nicht fähig war, lehnte er schlichtweg ab. Gut waren die Pferde (um seine »Equipagen«, die berühmten Vierspänner, beneidete ihn sogar der Prince of Wales), gut waren die Frauen, die Armee, die Kasernen und die Manöver, nicht jedoch die Paraden. Gut war auch das Geld, von dem er sagte: »Es ist eine Sch..., schade, daß ich es so gern ausgebe.« Alles übrige war samt und sonders unerträglich:
Politik und Politiker, Bildung und Gebildete, Musik und Malerei und sonstige Künste (das traditionell Amusische des Hauses Savoyen), die Natur, soweit sie nicht mit Jagd oder Pferden verbunden war, die Bäume und Blumen, die Sonnenauf- und -untergänge: Zeug für Weiber und Poeten; Pomp und Etikette, jede Art von Zeremoniell, höfisches, militärisches oder akademisches, ganz gleich welches.
Dieser primitive Manichäismus wurde durch den Hang zur Verallgemeinerung, wie er für oberflächliche Charaktere üblich ist, noch verstärkt. So reduzierte sich der Ausdruck seiner bei einem Mann seines Alters und Ranges notwendigerweise reichhaltigen Erfahrung auf handfeste »Lebensweisheiten« und Kurzformeln. Die Weiblichkeit? Reisen, Rüschen, Vagina. Vorsicht vor Beamten, Pfarrern, Professoren.
Es gab also viele Dinge, vor denen man sich hüten mußte. Die Akten zum Beispiel: das Archiv, die Dokumente, die Register, die Bündnisse, die Verträge. Am Morgen wurde er von Gherardesca empfangen, der ihn in einen kleinen Raum im ersten Stock führte, zu einem Tisch, der mit wohlgeordneten Katasterkarten und alten, vergilbten Notariatsurkunden bedeckt war.

»Wollt ihr mir denn dieses Hotel völlig verleiden, wo ich mich doch so wohlgefühlt habe?«
Er setzte sich, schon erschöpft, bevor er überhaupt angefangen hatte.
»Lassen Sie mir einen Kaffee und die Brille bringen.«
Die Durchsicht der Papiere dauerte eine halbe Stunde. Um elf trat der Conte auf den Balkon mit dem störrischen und gelangweilten Gesicht eines Schuljungen bei der Prüfung. Ein Wagen bog vor dem Adler um die Ecke.
Ihm entstieg ein dickbäuchiger Herr in Überzieher und Zylinder, eine Aktentasche unterm Arm. Danach Vigliotti, gefolgt von einer großgewachsenen, schlanken Dame um die fünfunddreißig in Jagdkostüm und Otterhütchen, das *à la hussarde* auf ihren braunen Flechten saß. Der Mann mit der Tasche blieb beim Wagen, während die beiden anderen in die Hoteltür traten. Einen Augenblick später sagte die Besucherin in schlechtestem Französisch:
»Signor Conte. Ich habe die Ehre, Ihnen meine Aufwartung zu machen.«
Wer war denn die? Er rief Vigliotti hinaus auf den Gang.
»Also was ist? Wo steckt die Goltz?«
»Frau von Goltz, verwitwete Krupp, ist diese Dame!«
»Die? Aber die Goltz ist doch eine alte Frau?«
Vigliotti zeigte sich erstaunt. Er habe nie etwas Derartiges behauptet. Soviel er wisse, müsse Frau von Goltz um die vierzig sein.
»Wie bitte? Sie haben mir doch erzählt, daß sie zur Hochzeit ihrer Enkelin fahren will, also muß sie Großmutter sein.« »Ihrer Nichte, der Tochter des Bruders, Hermann Graf von Goltz.«
»Zum Verrücktwerden!«

Präliminarien und Verhandlungen verliefen seinem Wunsch gemäß ziemlich rasch. Zwei Eindrücke drängten sich ihm dabei auf: daß sein Inkognito gewissenhaft respektiert wurde, und daß sich die »Stimme des Blutes« nicht verleugnen läßt, denn Vigliotti, Erbe eines großen Industrieunternehmens in der Gegend von Biella, leitete die Verhandlung meisterhaft.
Auf deutsch – wobei er sofort Satz für Satz übersetzte –

erklärte er, der Signor Conte sei bereit, den Verkauf von Visè in Erwägung zu ziehen, aus besonderer Hochachtung für Frau von Goltz und nicht zuletzt wegen des Interesses, das Kaiser Wilhelm an dem Erwerb dieses Besitzes durch Frau von Goltz zu erkennen gegeben hätte. Dann bluffte er entschlossen:
»Die Verwalter des Signor Conte haben sich gegen eine Veräußerung ausgesprochen. Die Immobilienpreise zeigen nach den jüngsten Börsenkrisen eine steigende Tendenz, die wahrscheinlich anhalten wird. Es wurde daher geraten, abzuwarten. Dennoch hat sich der Eigentümer, aus den bereits erwähnten Gründen, entschlossen, dem Wunsch von Frau von Goltz stattzugeben, und zwar zu einem Vorzugspreis: Achthundertneunzigtausend.«
Über die Summe schien Vigliotti mit der Käuferin noch nicht gesprochen zu haben, denn man sah, wie sie die Brauen hob. Der Conte selbst war völlig verblüfft, doch klug genug, es sich nicht anmerken zu lassen. Im stillen aber dachte er: Dieser Mensch kennt kein Maß. Er wird mir noch das Geschäft zum Platzen bringen.
»Als Verhandlungsbasis«, gestand Vigliotti zu.
Was die Zahlungsmodalitäten betraf: Anzahlung von einhunderttausend bei Unterschrift des Vorvertrages. Weitere hunderttausend nach dreißig Tagen, den Rest bei Vertragsabschluß an Ort und Stelle, der innerhalb von drei Monaten zu erfolgen habe.
Frau von Goltz öffnete den Mund, um zu sagen, daß es ihr zu diesem Zeitpunkt nicht möglich sei, nach Italien zu kommen.
»Sie werden irgend jemanden Prokura geben«, antwortete Vigliotti. »Es ist nicht nötig, daß Sie sich persönlich bemühen.«
»Ich müßte mich mit Herrn Grüber besprechen.«
Dem Mann, der beim Wagen geblieben war, ihrem Treuhänder und Berater. Er wurde hereingerufen und zog sich mit Frau von Goltz und Vigliotti zurück.
Nach Beendigung der Unterredung erschien Vigliotti: Frau von Goltz sei bereit, den Vorvertrag auf der Stelle zu unterzeichnen, wenn die Gegenseite zustimme, den Preis auf siebenhundertfünfzigtausend zu senken.

Das war immer noch anderthalbmal soviel, als er sich zu erzielen je hatte träumen lassen. Die Gegenseite beeilte sich daher, ihre Zustimmung zu erteilen. Der Vorvertrag war bereits konzipiert, so daß nur noch Summe, Datum und Unterschriften hinzugefügt werden mußten, was rasch erledigt war. Hundert Scheine der Banca d'Italia zu tausend mit dem savoyischen Kreuz als Wasserzeichen wurden von Grüber auf den Tisch gezählt und von Gherardesca in Empfang genommen.
Nach dem Wermut und noch einige Zeit vor Mittag fuhr die schöne Goltz wieder zurück nach Wassen.

Schön? Da war er sich gar nicht so sicher. Der Amazonen- oder Walkürenstil lag ihm eigentlich nicht. Die Augen, die ja; in denen schimmerte irgend etwas Seltsames, das er natürlich nicht zu ergründen suchte.
Sicherer fühlte er sich beim Gedanken an den eben abgeschlossenen Verkauf, an die eben einkassierten Hunderttausend. Ohne Frage das schnellste und lukrativste Geschäft, das er in seinem Leben gemacht hatte. Wenn überhaupt, dann blieb nur ein Zweifel: Dieser sagenhafte Vigliotti, welchen Zweck konnte der verfolgen? Über die Selbstlosigkeit seiner Untergebenen dachte der König skeptisch. Auf was zielte er ab, dieser Vigliotti? Gut, die Maklergebühr. Er hatte keine Ahnung, welcher prozentuale Anteil einem Vermittler zustand, aber selbst angenommen, Vigliotti stünde ein Zwanzigstel des vereinbarten Preises zu, und das wäre ja doch ein ganz hübsches Sümmchen, so zweifelte er daran, daß ihm das genügen würde. Welche Belohnung erwartete Vigliotti, welche Art von Ehrgeiz verbarg er?
Nun, man würde sehen. Er diktierte Gherardesca ein paar Zeilen. »Lieber Vigliotti, ich schulde Ihnen Dank für Ihre Vermittlerrolle in meiner Beziehung zu Frau von Goltz, die heute mit dem Verkauf der Ländereien von Visè ihren Abschluß gefunden hat, und ich behalte mir vor, Ihnen sobald wie möglich in konkreter Form meine Wertschätzung zum Ausdruck zu bringen.«
Mit dem Zug um 16.15 Uhr fuhr Gherardesca, eskortiert von Brighenti, nach Monza, um die erlöste Summe zu

deponieren, die zu beträchtlich war, als daß man sie in einem Hotelzimmerschrank hätte aufbewahren können. Nach vierundzwanzig Stunden sollten die beiden wieder zurück sein. Gherardesca fragte den Conte, ob er Aufträge habe, Befehle.

»Nichts! Jetzt erhole ich mich. Das steht mir doch zu, oder? Und wohlgemerkt, bringen Sie mir ja keine Papiere mit. Die sollen mich in Ruhe lassen. Alle zusammen!«

IV

An diesen Nachmittag nach der Abfahrt der beiden würde er sich noch eine Weile erinnern. »Ich habe das Leben entdeckt.« Er ging hinaus, spazieren. Nur so auf der Hauptstraße. Allein. Vor der Remise des Adler wurde der Stellwagen des Hotels mit großen Kübeln Wasser gewaschen, bis er in seinem leuchtenden Rot wie eine Bonbondose glänzte. Im Dorf ging gerade der Wochenmarkt zu Ende. Aber vor der Bäckerei, zwischen den Steinstufen, die von rechts und links zum Laden hinaufführten, hielt ein Kesselschmied noch seine kupfernen Krüge, Schüsseln und Pfannen feil, lauter kleine Sonnen, die es fertigbrachten, auch die echte freundlich zu stimmen.
Die Mädchen, die mit Körben voll Heidelbeeren und wilden Zyklamen aus dem Reußtal gekommen waren, boten immer noch ihre Ware an – auf einem Karren sitzend, mit baumelnden Beinen, in schwarzen, geblümten Röcken und weißen Strümpfen. Er war, bei Gott, allein mitten unter all den Leuten, die nichts von ihm wußten! Ohne Begleiter und Bewacher, ohne schlecht getarnte Polizisten. Er, dessen Los es war, sich zwischen Vorreitern und einem Gefolge in Schwalbenschwanz und goldgefaßtem Käppi bewegen zu müssen; er, der ständig Belagerte, Überfallene, Angegriffene; beklatscht und mit Blumen beworfen. Es kam ihm gar nicht in den Sinn, den Weg zu den Bergen einzuschlagen. Ihm genügte es, zwischen Hotel und Poststation auf und ab zu spazieren, zusammen mit den wenigen Touristen (Reiseführer in der Hand, Fernglas auf der Brust) und den Bergbauern, die vom Markt heimkehrten oder mit vollen Tragkörben von ihren Wiesen kamen. Die Fremden blieben stehen, um die Sonne zu begrüßen, die sich endlich einen Weg gebahnt hatte und auf die tannenschwarze Mulde des Göschenen-Tals und die bläulich emporragenden Gletscher des Dammstocks herabschien. Er nicht. Für ihn existierte nichts als dieses kleine private Glück.

Am Abend beim Essen: immer noch allein. Vigliotti war beurlaubt und saß am Tisch der Mansolin. Im ganzen Speisesaal befanden sich keine zehn Personen, aber die Bedienung war langsam. Die beiden Saaltöchter ließen ihn nach der Suppe eine Viertelstunde warten. Und ihm machte es Spaß, daß sie ihn warten ließen.

Der Abend (der recht kurz war, da man sich hier schon um zehn Uhr zurückzog – der Conte sogar schon um neun) endete auf die angenehmste Weise. Nach dem Essen meldete sich der Adjutant, um Befehle entgegenzunehmen.

»Kommen Sie hierher, mein Freund, und bringen Sie die Signorina mit.«

Wahrscheinlich wunderte sich Vigliotti nicht über soviel Herzlichkeit (er hatte sie verdient), worüber er sich aber bald wundern sollte, war die Beherztheit, mit der sich seine Clara diesem Debüt stellte. Mit Signor Conte di Moriana umzugehen war selbst für einen Erfahrenen nicht immer leicht, und wenn auch in der gegenwärtigen Situation die Förmlichkeiten der Etikette wegfielen, so berechtigte das Inkognito noch lange nicht zur Vertraulichkeit. Clara, mit dem Gesicht und den Manieren einer Pensionatsschülerin, ging unbefangen und klug mit ihm um. Sie gab kurze Antworten, brachte von sich aus diskret zwei oder drei gut gewählte Themen zur Sprache (die über Gebühr gerühmte Schönheit der Schweizer Alpen, die Gefahren der Jagd im Gebirge, was im Grunde einer Lobrede auf die Jäger gleichkam) und erlaubte sich nicht, Fragen zu stellen. Doch, eine stellte sie sogar: Als der Conte eine persönliche Erinnerung aus dem Krieg erwähnte, rief sie: »Aber aus welchem Krieg denn?« Das konnte bedeuten, daß sie etwas schwach in der vaterländischen Geschichte war oder aber, daß sie ihm damit zu verstehen geben wollte, sie hielte ihn für zu jung, um an den Kämpfen von 1866, als sie noch gar nicht geboren war, teilgenommen zu haben. Der Conte, der nicht wußte, welcher der beiden Hypothesen er den Vorrang geben sollte, lächelte breit.

Er stieß mit ihr und mit dem Bräutigam an. Oh, nur mit Kirsch. Zuerst hatte er vorgehabt, Champagner zu bestellen, aber dann war ihm klargeworden, daß er damit das gute Geschäft vom Vormittag über Gebühr feiern würde.

»Ein Dorf, das an chronischem Regen leidet«, hatte Brighenti ihre Sommerfrische diagnostiziert. Am nächsten Morgen hatte es wieder zu regnen begonnen.
Aber für *ihn* zählte das nicht. Höchstpersönlich weckte er Mancuso in aller Frühe: Sie würden auf die Jagd gehen; nur sie beide allein. Hatte sich Mancuso von den Treibern bekehren lassen? Er wies darauf hin, daß man bei den dicken Wolken, die das ganze Tal füllten, keine Handbreit vor Augen sehen würde. »*Que l'diable emporte le diable*«, erwiderte der Conte – das heroische Motto eines seiner Vorfahren bei der Belagerung von Genf. Und sie zogen los.
Gegen zehn Uhr, als sie über achtzehnhundert Meter waren, hatten sie die dampfenden Nebel unter sich, und die Sicht wurde etwas besser, wenngleich es auch hier regnete. Vereinzelte Bergkiefern, Farne, Ginster, Alpenrosenbüsche: das Jagdgebiet.
Schon bei gutem Wetter ein mühsames Terrain, übersät von Felsbrocken, durchzogen von Schluchten. Mancuso ging schweigend voraus, Ausschau haltend nach irgendeinem vertrauten, tröstlichen Zeichen in dieser unbekannten Welt.
Beiden kam der Marsch endlos vor, immer den Berghang entlang, in diesem Chaos aus regennassen Felsbrocken und dürftiger, zäher Vegetation, die jeden Schritt behinderte. Der Conte schnupperte geräuschvoll, wie ein Jagdhund. Oder keuchte er? Endlich blieb Mancuso stehen und gab dem Chef ein Zeichen, ebenfalls stehenzubleiben. Er duckte sich zu Boden; er hatte etwas entdeckt: Die Spitzen der größeren Sträucher waren frisch abgenagt. Und ganz in der Nähe mußte ein Bach sein, man hörte das Rauschen. Auch das ein gutes Zeichen, denn im Sommer entfernt sich das Wild nie allzu weit vom Wasser.
Am Boden liegend, vernahm Mancuso einen seltsamen, melancholischen Laut: wie das Wimmern eines Neuge-

borenen oder das Jaulen eines Welpen. Es hörte kurz auf, dann fing es wieder an. Das ging eine ganze Weile so. Der Chef, der ebenfalls, durchnäßt und durchfroren, im Morast lag, bekam allmählich genug. Eben wollte er sich aufrichten, als sein Blick auf einen bräunlichen Busch fiel, etwa hundert Schritte über ihnen. Ganz langsam schüttelte sich der Busch und kam näher – es war ein Tier! Rötlichbraun und wesentlich größer und gedrungener als eine Ziege; es kam immer näher; sie standen gegen den Wind, es konnte sie also nicht wittern. Der Conte hob das Gewehr. Er zielte – viel zu hastig und nervös.
»Zum Teufel«, entfuhr es Mancuso.
Das Tier, das der Schuß nicht einmal gestreift hatte, sprang in ein Dickicht von Ginster und von dort in Richtung des Gießbachs, vielleicht um ihn zwischen sich und seine Feinde zu bringen. Aber der Einladung des Todes widersteht das Wild nicht. Unvermittelt drehte sich das Tier um, kam erneut in Sicht, schoß plötzlich schräg den Hang herunter. Genau dorthin, wo Mancuso wartete. Es setzte über ihn weg, und er brauchte nur noch die Rechte mit dem Messer zu heben. Eine durchschnittene Sehne, das Tier stürzte ein paar Schritt von ihnen entfernt, und Mancuso erledigte es gnädig durch einen genau gezielten Schlag mit einem spitzen Stein zwischen die Augen. Es war ein ausgewachsener Steinbock, ziemlich schwer, die kleinen, spitzen Ohren standen in merkwürdigem Gegensatz zu den kräftigen, unverzweigten Hörnern, die so hart und knorrig waren wie Nußbaumwurzelstöcke.
Das Unternehmen hatte nichts Aufregendes an sich gehabt. Im übrigen sind die Tiere der Alpen aufgrund ihrer geringen Erfahrung mit Menschen nicht besonders vorsichtig und daher leicht zu erlegen. Die beiden Jäger sahen sich an, ohne Befriedigung vorzutäuschen. Außerdem: Es war unmöglich, die Beute ins Tal zu bringen. Diese Art von Wild wird zum Transport mit den Läufen an eine Stange gebunden. Dazu fehlte es ihnen am Nötigsten. Mancuso zog seinen Lodenmantel aus und dann sein Hemd, bog die Spitze einer Kiefer zu sich herunter und befestigte das Hemd daran: ein Zeichen, um den Ort wiederzufinden, an dem der Steinbock seinen langen Schlaf

begonnen hatte – in seinem eigenen Reich, das ihm keinen Schutz gewährt hatte.
Man mußte zurückkehren, und das sollte sich als noch größeres Problem erweisen. Im Tal kam Bewegung in das Nebelmeer, und eine Wolke heftete sich an den Berg genau unter ihnen, wie ein Pilz an die Rinde eines Baumstamms. Während sie den Abhang hinabstiegen, hatten sie das mythologische (oder, für einen, der sie gesehen hätte, auch komische) Erlebnis, ihren Fuß in eine Wolke zu setzen und darin zu versinken. Ohne Umschweife, einer nach dem anderen; wie Mephisto, der durch eine Falltür des Theaterbodens verschwindet. Und sie verloren sofort die Orientierung. Der Conte prallte gegen einen riesigen Felsbrocken, und durch den Stoß löste sich ein Schuß aus seinem Karabiner, der ihm um ein Haar das Bein durchschlagen hätte. Noch schlimmer wurde es, als sie mitten im Nebel wieder in den Tannenwald gerieten, an einem Steilhang von fünfundvierzig Grad. Dazu das struppige, dichte Unterholz, in dem man versank und unter dem runde, glitschige Steine lauerten. Wer das nicht gewöhnt ist, gerät bei jedem Schritt in eine Falle: Das Bein verfängt sich bis zum Knöchel, und kaum hat man es herausgezogen, steckt schon das andere drin – wie zum Trotz, und der Fuß verdreht und verrenkt sich zwischen diesen unsichtbaren, bösartigen Steinen wie in einem Fangeisen. Der Conte fluchte. Er schwor sich, daß ihn keiner mehr hier heraufbrächte, da würde er ja noch lieber mitten in den Gletschern auf die Jagd gehen. Und dann, sobald sie stehenblieben, dieses penetrante Schweigen der Berge. Er mochte es nicht, und ein paarmal sagte er zu sich: Das dröhnt lauter als die Salven der Artillerie.
Es mochte zwei Uhr nachmittags sein, seit zwei Stunden schleppten sie sich schon in dieser Hölle talabwärts, aufs Geratewohl von einer Tanne zur nächsten. Plötzlich spürten sie, wie unter ihnen der Boden zitterte, und hörten ein dumpfes Grollen. Dann den fernen Pfiff einer Lokomotive. Unter ihnen mußte ein Tunnel liegen – um so besser. Und tatsächlich erreichten sie ihn, nachdem sie zuletzt den Bahndamm hinuntergerutscht und unversehrt in dem kleinen, mit eisigem Wasser gefüllten Graben neben den

Schienen gelandet waren. Im Vergleich zu vorher war der Marsch von hier aus ein Kinderspiel, man brauchte nur den Geleisen zu folgen: In welcher Richtung, das wußten sie allerdings nicht, sie hatten jede Orientierung verloren. Es fing wieder an zu regnen, zu gießen. Sie merkten erst, daß sie einen Viadukt überquert hatten, als er hinter ihnen lag. Und nach dem Viadukt erkannten sie in einiger Entfernung ein Signal. Dann Weichen. Eine Station: Wassen.

Sie wunderten sich nicht; es kam ihnen vor, als seien sie seit einer Woche unterwegs. Dagegen wunderten sie sich über das Staunen der Leute vom Bahnhof: Die ursprüngliche Farbe ihrer Kleidungsstücke ließ sich nicht mehr erraten, und von ihren Stiefeln waren nur noch die Schäfte ganz. Die Sohlen in Fetzen.
Züge zurück? Keiner bis 19 Uhr. Ein Wagen? Kein Wagen. Es fuhr nicht einmal die Gotthardpost; ein Erdrutsch hatte erneut die Fahrstraße blockiert.
Der Bahnhofsvorsteher sprach Italienisch und führte die beiden Unglücksraben zum geheizten Ofen in seinem Büro. Kurz darauf stärkte sich Mancuso bereits mit Brot und Kaffee. Der Conte brauchte anderes. Zuallererst ein heißes Bad.
Er überlegte: Wassen, also Frau von Goltz. Er würde bei der Goltz anklopfen. Mancuso bekam den Befehl, auf den Zug zu warten und möglichst noch am selben Abend mit frischen Sachen zum Anziehen zurückzukommen.
Der Conte mußte noch ein gutes Stück Weg hinaufsteigen, bevor er das Gartentor der einsam auf einem Bergvorsprung gelegenen Villa Goltz erblickte – wie ein Symbol. Leuchtend rote Fensterläden auf dem dunklen Holz der Außenwände, das Dach aus Granitplatten: die ins Großbürgerliche (22 Zimmer) gesteigerte Reproduktion eines Chalets aus dem Berner Oberland. Die Besitzerin dieser Monsterhütte ließ sich keine Verwunderung über den gekrönten und fußmüden Pilger anmerken.
»*Ces sont des imprévus bien prévoyables. Et pas tellement affreux*«, beschränkte sie sich zu bemerken.
Sie entschuldigte sich, daß sie in Kittel und Arbeitshand-

schuhen dastand, aber sie schnitzte gerade in ihrem Atelier einen riesigen Raben aus Tannenholz, dreimal so groß wie in der Natur. Sie widmete sich häufig solchen Arbeiten, und im Atelier gab es eine ganze Ausstellung von Adlern, Nachtvögeln, Murmeltieren, Eichhörnchen – ein Musterkatalog alpiner Zoologie, den sie im Schnellverfahren, aber nicht ohne Ausdruck, mit Hammer und Stechbeitel schuf. Die sonst so mondäne Dame wurde für einen Monat im Jahr zur einsamen und sogar beschaulichen Bergbewohnerin; fünf Dienstboten, aber keine Gäste oder Besucher. Sie wollte keine. Als intelligente Frau vertrat sie die Ansicht, daß einen die hohen Berge entweder formten oder abwiesen, und sie wollte sich lieber formen lassen. Zu Hause in Berlin war sie faul und müßig, hier wanderte und arbeitete sie manchmal ganze Tage – das beste Mittel gegen ihre Arthritis. Zu Hause war sie oberflächlich, hier versenkte sie sich (zumindest in das, was ihr unter die Finger kam); daheim war sie gutbürgerlich, in der Liebe lustlos und passiv, hier wachte sie auf. Mit einem gewissen Joseph Rappen, Kuhhirt und Bergführer, unternahm sie Touren im Dammastock-Massiv, und in Wassen erzählte man sich, daß Rappen ihr auch noch bei anderen, romantischeren Unternehmungen diente. Sie gab sich gar nicht die Mühe zu dementieren. Schon weil es stimmte.

Frau von Goltz begleitete den Conte in den ersten Stock der Villa und übergab ihn einem Diener. Das Zimmer war groß, mit alten Möbeln aus dem Tal möbliert, aber, und das freute ihn sehr, zentralgeheizt. Direkt nebenan war das Badezimmer. Zehn Minuten später stieg er wie neugeboren aus der Wanne – Wassertemperatur 40°. Den Diener, der auf seine Anweisungen wartete, bat er um Spiegeleier und ein Glas Portwein. Er schlang das Essen hinunter, schlüpfte ins Bett und schlief drei Stunden. Für einen so süßen und beruhigenden Schlaf täglich würde er ohne Bedauern den Thron von Italien hergeben.

Als er sich erhob, war es sieben Uhr abends; neben dem Bett fand er Pantoffeln, Unterwäsche, einen wattierten Hausrock und einen Seidenschal. Alles neu, alles wie für ihn gemacht. Die Wonne, nach dem herrlichen Schlaf in diese frischen Sachen zu schlüpfen, war so groß, daß er gar

nicht auf die Idee kam, sich zu fragen, wie eine solche Ausstattung in das Haus der Witwe Goltz käme. Er nahm einfach alles hin, vergnügt und neugierig wie der Held in einem Märchen.
Sie dinierten zusammen, nicht unten im Speisesaal, sondern in einem kleinen Salon mit gedämpftem Licht, wenige Schritte von dem Zimmer entfernt, in dem er geschlafen hatte. Die Gastgeberin war aus übergroßer Höflichkeit auch im Negligé erschienen, einem Morgenmantel mit kurzen Ärmeln, die schwarzen Haare locker im Nacken gebunden. Keine Juwelen. Nur ihre Augen.
Er, unsicher in seinem Urteil, hielt sie diesmal für groß.

Sie waren es nicht. Aber sie waren auch nicht klein. Ein schöner Mund läßt sich auf den ersten Blick abschätzen, wie die Figur; die Augen einer Frau dagegen haben, wenn sie schön sind, bekanntlich keine abschätzbaren Ausmaße (ganz abgesehen von dem, was sich dahinter verbirgt): Was die Farbe betraf, so schwankte sie zwischen dem Grün und Grau eines Steins (mit etwas beigemengtem Gold), eines harten und zugleich, nicht nur durch die Lichteinwirkung von außen, veränderlichen Steins. Und es lag in diesen Augen eine ungeheure Lust zu lachen, kein naives oder herzliches Lachen, nicht einmal immer ein angenehmes oder schickliches. Augen, die rücksichtslos das Paradoxe der Situationen und die Komik der Akteure erfaßten, Augen voller Ironie und Spott. Der Conte, ganz anders geartet, war eine Spur grobschlächtig, so daß er das zu seinem Glück nicht bemerkte.
Dagegen genoß er das kleine Abendessen, zelebriert von einem Haushofmeister, erlesen à la Eduard, Prince of Wales, und zugleich einfach à la Gustav Rothschild. Weder Süßspeisen noch Eis, dafür wunderbares Obst, genauso wie der Conte es mochte. Champagner von dem kostbaren Jahrgang 72, der die Kenner für die ihnen während des Französisch-Preußischen Krieges auferlegte Enthaltsamkeit entschädigte. Zwischen einem Gang und dem nächsten – und das gefiel dem Conte weniger – rauchte die Goltz aus einem zwei Spannen langen George-Sand-Silberrohr.

Das Personal verschwand, sie blieben allein. So sehr ihm der Gedanke an den zu erwartenden Epilog schmeichelte – er fühlte ihn doch mit Angst herankommen, bedingt durch die Strapazen des Tages. Aber dann schlug er sich ehrenvoll (ohne daß ihm klar war, wer eigentlich die Initiative ergriffen hatte; die Gastgeberin gab sich völlig ungezwungen). Nicht herkulisch, aber ausreichend. Und entgegen seiner sonstigen Art rücksichtsvoll und zartfühlend, mit gewissen Feinheiten der Zurückhaltung und Verzögerung.
Er glich sich der Eleganz und Intelligenz des Körpers an, der sich neben dem seinen bewegte. Später begriff er, daß er sich ihrer Überlegenheit gefügt hatte, und hegte den gebührenden männlichen Groll.

Koffer und Mancuso trafen am nächsten Morgen um acht Uhr ein. Keinerlei Anpfiff wegen der unverschuldeten Verspätung; der Chef empfing seinen Kammerdiener mit einem Lächeln. Er hatte wiederum gut geschlafen. Wie ein Senator in der Sitzung, pflegte er zu sagen.
Er schrieb gerade. Wörtlich: »Ich danke Ihnen für die großzügige Gastfreundschaft und hoffe, sie sobald wie möglich erwidern zu können. Ihr ...« etc. In den Armen einer Frau gelegen zu haben, von der man am Tag zuvor hunderttausend Lire in bar kassiert hatte, besaß etwas genüßlich Pikantes für jemanden, der im allgemeinen selbst zu zahlen hatte (und zwar teuer). Mit diesem Schriftstück vermied man alle Förmlichkeiten und enthob die Gastgeberin einer möglichen Verlegenheit. Kurz, er dachte, sich »ohne zu stören« aus dem Staub zu machen. Um neun Uhr fuhr ein Zug.
Die Rechnung ging jedoch nicht auf, denn als sie auf der Außentreppe standen, sahen sie, wie sich auf dem Vorplatz Frau von Goltz in den Sattel eines Maultiers schwang. Ein junger Mann in Drillich und Nagelschuhen half ihr dabei: Rappen, der Bergführer.
Auch sie trug Hosen und saß rittlings auf.
»*Madame, je vous suis très obligé.* Ich frage mich, wie ich Ihnen je meine Dankbarkeit zum Ausdruck bringen kann ...«

»*En vous obligeant encore une fois, Monsieur le Comte.*«
Sehr höflich, aber kurz. Und wie war es zu erklären, daß sie hier dieses perfekte Französisch sprach? Bei den Verhandlungen über Visè hatte man Vigliotti als Dolmetscher gebraucht. Ein echtes Geheimnis.

Als er in Göschenen aus dem Bahnhof trat, stieß er auf Gherardesca und Brighenti. Die beiden, die gestern aus Monza zurückgekehrt waren, wollten gerade – Ferngläser um den Hals und wegen des Regens helle Melonen auf dem Kopf – eine Ausflugsfahrt antreten. An den Vierwaldstätter See. Sie entschuldigten und rechtfertigten sich: Sie hätten Vigliotti einen schriftlichen Bericht über die erfolgte Deponierung der hunderttausend Lire hinterlassen. Sie konnten nicht erwarten, daß der Conte schon so früh zurückkäme.
»Wieso eigentlich nicht?«
»Oh, wegen des schlechten Wetters.«
»So schlecht kann es nicht sein, wenn es euch in den Sinn kommt, Ausflüge zu machen.«
Mit seiner Erlaubnis hätten sie geplant, in Luzern zu übernachten und erst am nächsten Tag zurückzukommen.
»Bleibt nur fort, wenn es euch Spaß macht«, war die liebenswürdige Antwort.
»Sie«, sagte Brighenti zu Gherardesca, als sie im Zug saßen, »sind so undankbar, daß Sie dieses ›wenn es euch Spaß macht‹ gar nicht beachten. Das bedeutet Anerkennung unserer Rechte, das heißt also, daß wir irgendwo, so Gott will, alle gleich sind, König und Untertanen.«
»Und Sie sind inzwischen schon so verblödet«, gab Gherardesca zurück, »daß Sie nicht begreifen, was dieses ›bleibt nur fort‹ bedeutet: ihr Einfaltspinsel, begreift ihr nicht, daß ihr hier im Weg seid?«
Er ging inzwischen ganz langsam mit Mancuso in Richtung Adler und begrüßte dabei jeden Stein, jeden Baum, als ob er nach Hause zurückgekehrt sei. Im Eingang stand, an den Türpfosten gelehnt, Herr Wüntz, der Besitzer. Ein dicker Mann mit grauen Koteletten, der seine Tage mit einer einzigen Beschäftigung verbrachte: zu schauen, wer

auf der Straße vorbeikam und wer in seinem Haus aus- und einging, wobei er den Gästen aus schlauen Augen zublinzelte; mehr nicht. Faul wie ein Neapolitaner, sagte sich der Conte, und genauso sympathisch. Und er lächelte ihm zu. An diesem Morgen lächelte er der Welt zu, nicht diesem oder jenem. Er entließ auch Mancuso, der es nicht erwarten konnte, wieder hinaufzusteigen, um das Tier zu holen, das dort oben im Regen faulte.
Ach ja, der Steinbock, »sein« Steinbock. »Den schicke ich nach Monza zu Ghiringhelli, daß er ihn mir ausstopft, und dann führe ich ihn der Herzogin vor.« Ausgezeichnet. Ihn selbst würden inzwischen jedoch keine zehn Pferde nach Monza bringen, nicht einmal einbalsamiert. Herr Wüntz und sein kleines Hotel, ja, das war etwas. Und er, armer Kerl, der er war, verbot es sich, die Tage zu zählen, die genossenen und die noch zu genießenden – die immer weniger und kostbarer wurden, so daß man sie ganz auskosten mußte, einen nach dem anderen, halbe Stunde für halbe Stunde.
Aber schon fing man an, sie ihm zu stehlen.
Mit dem Elfuhrzug aus Italien tauchte völlig unerwartet Guillet d'Albigny, der Vizevorstand des Königlichen Sekretariats, auf. Diesmal zeigte sich der Conte nicht liebenswürdig:
»Geht's schon wieder los mit dem Luftabschneiden?«
Gherardesca habe ihm versichert, daß es in Monza keine wichtigen Neuigkeiten gebe.
»Ja, aber gestern abend traf aus Neapel ein eigens abgesandter Offizier mit einem Brief ein. Er sagte, es sei ganz dringend. Ich hielt es daher für opportun...«
Normalerweise trug der Herr Sohn, der sich in Neapel aufhielt, am wenigsten zu den täglichen Scherereien bei. Um was mochte es sich also handeln? Es handelte sich, das ging aus dem ungemein dringenden Brief hervor, um das Jubiläum des Regiments, dessen Oberst er war, und um nichts Geringeres als um die Vereidigung der neuen Rekruten. Der Papa wurde gebeten, den beiden auf den 20. September festgesetzten Festlichkeiten beizuwohnen, und so weiter.
Darüber hinaus hatte Guillet es für opportun gehalten, die

Gelegenheit zu nutzen, um eine Mappe mit »zu erledigender« Korrespondenz mitzubringen. Man mußte sich also in dem kleinen Salon im ersten Stock an ein Tischchen setzen und lesen, zuhören, unterzeichnen, diktieren. Schreiben. Er schrieb einen langen Brief an seinen Sohn: »Jemand, der Dich gut kennt und Dir wohlgesonnen ist« (es war der kommandierende General des Armeekorps, zu dem das Regiment gehörte, an dessen Spitze der Kronprinz alles daransetzte, sich den Beinamen der Schreckliche zu erwerben), »berichtete mir, daß die Rekruten es als Unglück empfänden, Dir unterstellt zu werden. Wir gekrönten Häupter sind schon ohne unser Zutun bei allen oder wenigstens fast allen nicht gern gesehen, und dann tun wir auch noch alles, unausstehlich zu sein – wir halten es für den größten Spaß! Aber ich warne Dich: Dieser Spaß kann einen teuer zu stehen kommen. Denk an den Urgroßvater! Deine Soldaten kommen aus der Campagna oder aus Apulien und nicht aus Pommern, und wenn sie etwas bockig sind, so brauchst Du sie nicht gleich einzulochen.« Nach den guten Ratschlägen, die er aus einer Erfahrung schöpfte, deren Echtheit nicht zu bestreiten war, folgte ein P. S.: »Für den 20. September möchte ich mich nicht festlegen, es werden schon genügend feste Termine auf mich warten.« Er schrieb auch noch an die Gattin: »Die Jagd geht mit mäßigem Erfolg vonstatten. Ich wechsle häufig meinen Aufenthaltsort und kann daher keine genaue Adresse angeben, aber ich schlafe ausgezeichnet, und meine Gesundheit ist in bestem Zustand. Was ich auch von Dir in Courmayeur hoffe.«
Er nahm einen Imbiß, gleich hier im kleinen Saal, zusammen mit Guillet, und dann wurde weitergearbeitet.
Er wollte alles so schnell wie möglich hinter sich bringen. Ihn wieder abfahren sehen. Natürlich war der Mann unschuldig, ja, er handelte sogar wirklich »opportun«, aber der Conte haßte ihn trotzdem – nachdem er den Sohn zur Güte mit den Rekruten ermahnt hatte.
»Daß Sie nur ja Ihren Zug nicht versäumen. Er geht um 16.15 Uhr, vergessen Sie das nicht.«
Kurz vor vier waren sie fertig, hatten alles erledigt. Dem »Luftabschneider« ließ er die Ehre zukommen, ihn per-

sönlich zum Bahnhof zu begleiten, begierig, ihn loszuwerden und nicht mehr an ihn denken zu müssen. Guillet (ehemaliger Leutnant der Meldereiter und sein Waffenkamerad in Villafranca) dankte verwirrt, zuviel der Ehre, und dabei wußte er genau, daß ihn sein Gebieter an diesem knappen halben Tag von ganzem Herzen verabscheut hatte.

V

Nachdem er das schwarze Gespenst im Gehrock los war, blieben ihm noch drei Stunden bis zum Abendessen. Ein Geschenk.
Er konnte sich aufs Zimmer zurückziehen oder sich auf der Hotelterrasse unter die Reisenden von der strengen Observanz Cook and Co. mischen, die mit dem Fernrohr im Nieselregen die grauen Gipfel des Dammastocks ausmachten, Gipfel, von denen man nie genau wußte, ob es nicht doch bloß Wolken waren, neue Schlechtwetterboten. Er konnte auch unter den Lärchen der Promenade spazierengehen, die eben und bequem auf halber Höhe der Reuß folgte. Oder nach der Bäckerin schauen, die jeden Abend so tat, als würde sie die Geranien an den Fenstern der Bäckerei gießen; wirklich ein liebes Mädchen, das ihn erkannte und sein Lächeln mit einer Neigung des großen blonden Kopfes erwiderte.
Der Fächer der Möglichkeiten bietet ein allerdings begrenztes und trügerisches Bild der Freiheit. Soweit der große Hegel (den ich hier mit Vergnügen bemühe, gerade weil er so gar nicht in diese Geschichte paßt). Was den Conte betraf, so bedeuteten die Möglichkeiten, die sich ihm hier zu Füßen des Dammastocks auffächerten, sehr wohl die Freiheit. Und auch noch anderes, so zum Beispiel das Gefühl, sich nicht mehr so ausgelaugt, erledigt und verbraucht vorzukommen wie sonst.
Statt dessen wieder Blut unter der Haut zu fühlen, Blut, das pulsierte vor ungeduldigem Ungestüm, naiv und jugendlich. Beinahe jugendlich.
Wie sauber es in diesem kleinen Bahnhof mitten in den Alpen war! Die Glasscheiben der Türen spiegelblank – wie keineswegs immer im Quirinalspalast. Und in einer dieser Scheiben spiegelte sich die Gestalt eines kräftigen, gut gebauten Mannes. Um die vierzig oder wenig darüber. Eines zufriedenen und daher endlich seiner selbst sicheren

Mannes, mit gerecktem Oberkörper. Und einem Blick, der ihm zulächelte.
Die Erinnerung an den Abend in Wassen mit der Rabenschnitzerin und Reiterin. (Auch sie durch Zauber verjüngt, nachdem man sie ihm als ältere, ja als alte Frau vorgestellt hatte.) Ein Abenteuer, das nur kurz gedauert hatte, von zehn Uhr abends bis Mitternacht. Aber in dem jetzigen glücklichen Augenblick war ihm auch das gegeben: es wieder neu anfangen lassen. Er konnte Frau von Goltz hier nach Göschenen einladen. Warum eigentlich nicht? Brighenti und Gherardesca waren aus dem Weg; sie hatten die gute Idee gehabt fortzufahren. Er konnte ihr telegraphieren. Ja, aber wie machte man das, ein Telegramm aufgeben? Das war in seinem Leben noch nie vorgekommen. Und wie machte man es, sie wenige Stunden nach der Verabschiedung schon wieder einzuladen? »Begierig Gastfreundschaft zu erwidern / erwarte Sie morgen früh / Ergebenst Moriana.« – Oder: »Herzlichst«? – Ach was, einfach: »Ihr Moriana«. – Ein bißchen prosaisch, aber er war schließlich kein Dichter, und man sagte ja auch »*bien à Vous*«, und das war nicht einmal besonders verpflichtend.
Sehr gut. Die Depesche wurde aufgegeben und flog wenige Minuten später über die Drähte nach Wassen zur schönen (schönen?) Goltz. Die im übrigen die Einladung vielleicht gar nicht annahm, für morgen schon etwas Besseres vorhatte. Geduld! Er regte sich nicht auf. Er war nicht bereit, sich aus der Fassung bringen zu lassen, dazu fühlte er sich einfach zu wohl.
Er ging auf den überdachten Bahnsteig hinaus. Vor dem Büfett warteten lange gedeckte Tische mit Proviant auf den gierigen Appetit der Reisenden, die hier Aufenthalt hatten. Tatsächlich kündete sich bereits ein Zug an, man hörte ihn von der Nordseite her nach Göschenen heraufschnaufen.
Aber es war ein Güterzug: grau, endlos, mindestens zwanzig Waggons, die die beiden Lokomotiven an der Spitze nicht hatten ziehen können, es gab noch eine dritte, am Zugende. Als der Zug stand, wobei er die ganze Länge des Bahnsteigs in Anspruch nahm, trat der Conte neugie-

rig näher heran. Einige dieser Waggons hatten eine interesssante Ladung. Sie kamen aus Belgien und enthielten jeweils sechs kräftige friesische Zuchtpferde, die, zu dritt aneinandergebunden, dumpf im Stroh scharrten. Die großen, langsamen Augen voller Unbehagen und Resignation; weiche, wunderschöne Augen. Die Männer, die mit den Pferden fuhren, verteilten die Haferration, einige waren ausgestiegen, um die hölzernen Tränkeimer mit Wasser zu füllen. Der kräftige Stallgeruch erregte den Conte. Wie ein kleiner Junge hätte er jetzt gern eine Handvoll Zuckerstückchen gehabt. Einer der Männer erzählte, die Friesenpferde seien unterwegs nach Verona zur Landwirtschaftsmesse. Das hieß, daß diejenigen, die man nicht verkaufte, in zehn Tagen wieder quer durch Europa reisen würden, noch einmal durch die eisigen Eingeweide der Alpen. Diese unruhige Zivilisation von heute, dachte der Conte traurig, die nicht einmal den Pferden ihren Frieden läßt, sondern sie von einem Ende des Kontinents zum anderen verschleppt. In den Stallgeruch mischte sich der Dampf der Lokomotivkessel.

Allmählich erreichte der Conte das Zugende, wo gerade die dritte Lokomotive, die hinter Göschenen nicht mehr nötig war, abgehängt wurde. Auch die Maschine bekam ihr Wasser: Ein breiter Segeltuchschlauch wurde in den Kessel getaucht, und aus einem Behälter floß das Eiswasser, um den Durst des überhitzten großen Tieres zu löschen, das heftig weiterkeuchte und damit nicht nur den Eindruck von Kraft, sondern auch von Erschöpfung vermittelte. Die dicken Triebstangen schwitzten im wahrsten Sinne des Wortes: Wasserdampf und siedendes Öl. Der Lokomotivführer betastete die roten Räder, die so hoch waren wie er selbst, und aus der Art, wie er das machte, merkte man, daß das Metall heiß sein mußte. Die Welt der Maschinen bestand also nicht nur aus Mechanik. Die Maschinen ermüdeten, schwitzten, hatten Durst, waren lebendig – und er, der so oft mit der Eisenbahn fuhr, wurde sich bewußt, daß er bisher überhaupt noch nie einen Zug richtig angesehen hatte. Auf einer Bronzeplakette, die am Kessel befestigt war, las er den Namen der Lokomotive: »Sankt Gotthard« und eine Art *Pedigree:* »Winterthur

1866, Sprüngli und Weber Ingg., Schweizer Maschinenfabrik.« Man registrierte also auch hier Geburtsdatum und Herkunft. Unglaublich.
Abgekoppelt vom Zug und mit beruhigtem Atem (nur bei den *dämpfigen* Pferden beruhigte sich der Atem nicht so rasch nach dem Lauf), stieß die »Gotthard« zurück. Der Lokführer lenkte sie lässig, nur mit einer Hand, in der anderen die Zigarette, wie ein Gentleman zu Pferd. Er hielt am Ende des Bahnsteigs auf der drehbaren Plattform. Durch einen Hebel am Boden brachte er die Lokomotive zum Wenden, und einen Augenblick später war sie wieder am alten Platz, nur daß sie jetzt in die entgegengesetzte Richtung schaute. Der Mann stieg aus, ging zum Büfett, um einen Krug Bier zu leeren, und als er wieder zurückkam, fing er an, mit Ölnapf und Putzwolle zu schmieren und zu polieren: die Triebstangen, die Handläufe, die Scheinwerfer, die Signalglocke. Eine Pflege, die wahrscheinlich freiwillig und aus Zuneigung vorgenommen wurde, nicht aus Verpflichtung oder Notwendigkeit.
»Sagen Sie, mein Freund, was für ein Beruf ist das eigentlich, Lokomotivführer?« fragte der Conte.
Der Mann musterte den Fragesteller.
»Für mich ist er zur Gewohnheit geworden«, antwortete er dann in gutem Französisch.
»Man braucht sicher eine besondere Begabung dafür.«
»Man braucht eine gute Hand.«
Und er erklärte, daß es zwischen Erstfeld und Göschenen auf 35 Kilometer Strecke 25 Kurven gebe und fast alle in Tunnels. »In meiner Freizeit spiele ich Geige, und die Lok führen, das ist wie Geige spielen. Jetzt beim Herauffahren war ich am Zugende. Wenn ich zu wenig Dampf gegeben hätte, hätte ich nicht geschoben, sondern mich ziehen lassen; hätte ich zu viel Dampf gegeben, wären die Waggons in der Mitte vielleicht entgleist. Man muß den Regulator wie den Geigenbogen bedienen. Das richtige Gespür dafür haben.«
Wie solche Gespräche zu enden hatten, wußte der Conte genau: mit einem Geschenk. Eine häßliche, demütigende Sitte, aber man konnte sich ihr nicht entziehen. Der Be-

ruf, und nicht nur der Beruf eines Lokführers, ist Gewohnheit, eine Serie von feststehenden Handgriffen.
»Sie rauchen doch sicher Zigarren? Bitte, nehmen Sie.«
Er stieg aufs Trittbrett und reichte dem Mann die Schachtel Diez Hermanos, die Havanna-Zigarren, die er am Bahnhofsbüfett erstanden hatte.

Sieh mal einer an, dachte er. Mir werden sogar noch die Eisenbahndinge sympathisch. Auch das war neu. Maschinen, Maschinenfabriken, Maschinenausstellungen hatten ihn nie interessiert.
Er machte sich auf den Weg zum Hotel, und noch bevor er dort ankam, hatte er eine Erklärung gefunden. Ganz einfach: Er war heute der Herr Filiberto Moriana, der den Fortschritt liebte. »Im Dienst« hatte er ihn immer gehaßt, und mit Grund. Wenn die Könige konsequent sein wollen, dann müssen sie ihn hassen als den Anfang ihres Endes. Die Sonne des Fortschritts ist ihre Abenddämmerung; und auf dem Weg zur Dämmerung befanden sich alle seinesgleichen. Der Feind? Der war nicht ein Sozialist wie Cavallotti und Bissolati, der Feind war der Anachronismus. Man konnte vielleicht einen sozialistischen König entwerfen, aber der täte dann nichts anderes, als seine Unvereinbarkeit mit der Zeit demonstrieren.
»Wir sind alle verabschiedet«, dachte er. »In zehn oder fünfzig Jahren wird unser Platz im Museum sein. Zusammen mit den Anarchisten, die uns nach dem Leben trachten, während die Leute mit gesundem Menschenverstand sich damit begnügen, uns zu bemitleiden oder zu karikieren, in der Erwartung, daß wir ganz von selbst auf dem Dachboden landen. Ich bin hier ein abgedankter König, darum beginnen die Maschinen mich zu interessieren. Ich bin kein König in Zivil oder in Ferien. Ich bin in Pension. Vorzeitig.«
Er ging nicht über den Vorplatz des Gasthauses hinaus – und auch nicht über diese Schlußfolgerung, die für ihn bereits eine Extravaganz bedeutete: über sich selbst nachzudenken, sich zu erforschen. Erforschen? Er gestand sich zwar fixe Ideen und Schwächen zu, aber Grillen solcher Art nicht. Er ließ sich einfach leben.

Vor dem Hotel erfuhr er, daß der Steinbock gefunden worden sei und sich jetzt im Eiskeller des Dorfes befinde. Vigliotti, der sich der Expedition freiwillig angeschlossen hatte, habe mit der Bahre heruntertransportiert werden müssen; ein böser Sturz beim Abstieg. Man habe ihn mit einem dick geschwollenen Fuß auf sein Zimmer gebracht.
Beim Abendessen also allein. Nach dem Nachtmahl zog er sich mit ein oder zwei anderen Gästen in den Leseraum zurück. Er fing an, eine Patience zu legen, und vertiefte sich immer mehr in sie, zumal es so aussah, als wolle sie heute abend aufgehen. Sie ging auf. Ein Wunder, nachdem er es monatelang umsonst versucht hatte. Um Punkt zehn Uhr holte er sich beim Portier eine Kerze und ging die Treppe hinauf. Dabei fiel ihm ein, daß ihm im Quirinal, wenn er sich von einem Teil des Palastes in einen anderen begab, zwei Diener vorausgingen, die bei Dunkelheit je einen zweiarmigen Leuchter hochhoben; ein Kämmerer verkündete dabei mit Stentorstimme von Saal zu Saal: »Der König! Der König!« – Eine schaurige Vorstellung.
Auf dem Absatz in der Treppenmitte stand die Mansolin. Die kleine Blonde.
»Signor Conte, was für ein schrecklicher Abend.«
»Ach ja, natürlich. Ihr Vigliotti. Was ist eigentlich passiert? Und wohin gehen Sie jetzt?«
»Ich habe nach Ihnen gesucht, Signor Conte. Um mich zu trösten. Ich bin so traurig.«
Er sie trösten? Zuviel des Vertrauens!
Trotzdem machte ihm diese so wenig protokollarische Treuherzigkeit Spaß und diese kleine unvorhergesehene, niedliche Szene: sie beide auf der engen Holzstiege, im Licht der zwei Kerzen. Sehr traurig sah die Mansolin jedoch nicht aus: mit diesem Lächeln? Er ging wieder mit ihr hinunter, lud sie ein, an dem Tischchen, das er soeben verlassen hatte, Platz zu nehmen, und bestellte etwas zu trinken. Die Kleine heftete ihren Blick auf ihn. So, als dächte sie: »Mal sehen, wie mich dieses Monstrum findet, mal hören, was er mir zu sagen hat.«
Das war alles. Und sie, erneut Trübsal blasend:
»Oh, dieses Wetter! Es regnet und regnet. Ab und zu

mal ein Spaziergang. Ansonsten gehe ich die Klassiker durch.«
»Die Klassiker?«
»Ja, auf dem Klavier. Ich habe ein Klavierdiplom. Und dann mein Bräutigam, der Ärmste! Aber ich denke, daß er bald wieder geheilt sein wird.«
»Ganz bestimmt. Man muß optimistisch sein.«
Eine unverbindliche Konversation, aber sie verstanden sich. Er begleitete sie nach oben, Clara und Frau Schwartz hatten ihre Zimmer in der Dependance des Hotels, die durch eine geschlossene Veranda mit dem Hauptgebäude verbunden war. Völlig ausgestorben. Clara ging zu einem Fenster.
»Es schneit!«
Tatsächlich fiel etwas Schnee, mit Regen vermischt.
Sie blieben ein paar Minuten zusammen am offenen Fenster stehen und ließen sich naß werden; im Dunkeln, denn der Wind hatte die Kerzen ausgelöscht. Sie erzählte ihm, daß sie am Vormittag auf dem Gotthard-Paß gewesen sei, mit der Postkutsche. Eine Menge Schnee da oben, herrlich.
»Schade, daß der Signor Conte nicht dabei war. Wissen Sie, ich stelle mir nämlich die Könige – die Herrscher«, verbesserte sie sich, da ihr das nicht majestätisch genug erschien, »wie die hohen Berge vor. Und darum glaube ich, sie müßten sich zwischen den hohen Bergen wohlfühlen.«
Aber dann schweifte sie ab, wie ein Kind.
»Raten Sie mal, welche Zimmernummer ich habe? Dreizehn. Frau Schwartz, die Dame, die mich begleitet, wohnt ganz hinten, auf Nummer 20. Und auf dem ganzen Korridor sind nur wir beide allein. Richtig zum Fürchten!«
Nachdem der Conte die Reverenz – Knie bis zum Boden – entgegengenommen hatte, übergab er Clara väterlich Frau Schwartz, die in diesem Augenblick aus dem Zimmer kam, um nach ihr zu schauen.

Zwei Elemente zierten die Spätbarockfassade des Hôtel Adler: Unter der Eingangstür Herr Wüntz mit verschränkten Armen, huldvoll und hinterhältig; neben der

Eingangstür eine Tafel mit goldenen Lettern auf blauem Grund. Überragt vom russischen Doppeladler, stand darauf in drei Sprachen zu lesen: *Vor diesem Gasthaus machte am 1. August 1799 Feldmarschall Alexander Suwarow an der Spitze einer Armee halt. Er bat um eine Tasse Milch und hinterließ als Bezahlung ein Fünffrankenstück.*
Der Conte im Mackintosh war gerade dabei, diese Inschrift aufs neue zu lesen (inzwischen konnte er sie schon auswendig). Die Person, die er erwartete, fand ihn bei dieser Beschäftigung und wußte sofort, daß sie erwartet wurde. Sie trug ein sehr schlichtes, hochgeschlossenes Reisekleid in Mauve, der Rock von kühner Kürze, die das Oberteil der Stiefelchen freiließ, an den Seiten eine Andeutung von Plissee und unten nur eben eine Borte aus venezianischer Spitze. Enganliegendes Leibchen in der gleichen Farbe, das vorn und hinten spitz zulief, und als einziges Accessoire ein Täschchen *à la Troubadour*, das am Gürtel hing und gegen den Schenkel schlug. In groteskem Gegensatz zu soviel Schlichtheit stand ein kleines Zylinderhütchen, nach Reiterinnenart schräg auf dem Ohr sitzend und mit einem weißen Schleier umwickelt, der auf einer Seite über die Schulter hing.
Lächelnd und ohne den Conte anzuschauen, auf den sie sich zu bewegte, sprang Frau von Goltz mit geschürztem Rock zwischen den Pfützen hindurch. Den Schirmgriff mit übertriebener Vorsicht zwischen die Brüste gepreßt – anmutig und anstößig.
Und er, im ersten Moment grob:
»Wie? Zu Fuß?«
In Wirklichkeit kam es ihm seltsam vor, sie so plötzlich vor sich zu sehen und in diesem Aufzug.
»Ich bin mit der Post gekommen. Erlauben Sie mir nicht auch, inkognito zu reisen?«
»Pst! Man hört uns!«
Herr Wüntz stand nur ein paar Schritte von ihnen entfernt. Aber dann lächelte der Conte besänftigt, nahm ihren Arm und führte sie über die Straße zurück. Sie gingen zur kleinen Lärchenallee, oberhalb der Reuß. Aber fast sofort mußten sie wieder umkehren, denn es fing an zu gießen, und so blieb nichts anderes übrig, als sich zu Tisch

zu setzen. Außerdem hatte sie gesagt, »ich habe nur zwei Stunden«.
Der Conte stocherte lustlos im Essen herum.
»Fühlen Sie sich nicht wohl?« fragte die Goltz mit einem Lachen in den Augen, das die Fürsorglichkeit dieser Frage Lügen strafte.
Er fühlte sich ausgezeichnet. Aber er verspürte keinen Hunger, weil er auf etwas anderes Appetit hatte. Ein physiologisches Phänomen, gleichermaßen typisch für Läuse (die männlichen), Männer, Hengste und Mäuseriche, auch wenn kein Weibchen und erst recht keine Frau das verstehen kann oder fähig wäre, etwas Ähnliches zu empfinden. Demzufolge war der Conte verärgert, vierzig Minuten bei Tisch sitzen zu müssen für eine Mahlzeit, die im Höchstfall zwanzig Minuten erfordert hätte.
Frau von Goltz dagegen aß normal und redete. Sie erzählte von einem alten Hirsch, einem ausgestoßenen Einzelgänger, der in der Kuhherde auf der Meiener Alp, oberhalb von Wassen, Blutbäder anrichtete. Schweren Herzens habe sie sich dazu durchgerungen, ihn vom Jagdvorstand abschießen zu lassen – die Alp und die Lärchenwälder darum herum gehörten ihr –, aber jetzt würde sie sich freuen, wenn sie den Hirsch für die Büchse des Conte aufheben dürfe. Die Dame versuchte also, noch bevor ihr zweites Stelldichein richtig angefangen hatte, sich bereits ein drittes zu sichern. Dieser schmeichelhafte Gedanke verdrängte (was nicht mehr physiologisch ist) einen der beiden Appetite zugunsten des anderen, und so konnte sich der Conte mit Genuß Emmentaler und Appenzeller hingeben.
Nach Beendigung des Mahles, als eines der beiden Bedürfnisse befriedigt war, meldete sich das andere mit erneuter Kraft und nahm auch noch zu, während sie die Treppe hinaufgingen (er hatte beschlossen, die Goltz in den kleinen Saal im oberen Stock zu führen, wo sie den Kaffee einnehmen und sich ein bißchen aufhalten würden, um sich bei den Leuten im Hotel nicht auffällig zu machen). Diese flinke, in Seide gehüllte Person, die da vor ihm herging, mit bewußten Verzögerungen und unter Zurschaustellung von dünnen Fesseln und weichen Hüften!

Aber dann erfolgte eine Ernüchterung, gerade als sie mit sicherem Schritt den kleinen Salon betraten. Seine Schuld war es nicht.
Die Goltz bemerkte leise:
»Der Kaiser hat mir schreiben lassen. Er freut sich, daß Sie die Schweiz als Ferienort gewählt haben. Vielleicht wird er auch für ein paar Tage kommen.«
»Was sagen Sie?! Der Kaiser?«
»Ja«, bestätigte die Goltz mit gelassener Eitelkeit.
»Wilhelm weiß, daß ich hier bin?«
»Ich habe es ihm sagen lassen.«
»Dann haben Sie also mein Geheimnis verraten!«
Seine Stimme zitterte, aber in dem Vorwurf lag viel mehr Bedauern als Ärger. Echte Bitterkeit.
»Ihr Geheimnis ist nicht verraten worden. Hier weiß niemand, wer Sie sind. Sie haben doch eben erst den Beweis dafür geliefert bekommen.«
Damit spielte sie auf die Langsamkeit an, mit der sie bei Tisch bedient worden waren – wie ganz gewöhnliche Gäste –, und auf seine sichtbare Ungeduld darüber.
»Was Wilhelm betrifft, so ist er, wenn Sie mir die Bemerkung gestatten, ein Kollege von Ihnen und Ihr aufrichtiger Freund.«
Genau, ein »Kollege«. Vor allem aber jemand, über den man nicht diskutierte.
»Gut, lassen wir das. Kommen wir lieber zu uns.«
Zurückhaltung war nun nicht mehr nötig. Auf zu Taten! Die Heimlichkeit, mit der er sie von dem kleinen Salon in sein Zimmer bringen würde und auf die er sich gefreut hatte (zehn Schritte bis zur Mitte des Korridors, dann rechts), hatte für ihn jeden Reiz verloren.

Sie fuhr um vier Uhr wieder ab und erlaubte ihm nicht, sie zur Poststation zu begleiten, nicht einmal bis zur Treppe. Er blieb verstört und enttäuscht zurück. Seine »beste Zeit« lag am Spätnachmittag, möglichst nach einer Pause, einem kleinen Imbiß, einer halben Zigarre. Im übrigen begann ihm die Frau, die ihn zuweilen irritierte, ernsthaft zu gefallen. Ja, sie irritierte ihn: Ihre gewollt unpassenden Anreden (ihn *Monsieur le Comte* zu nennen, wenn er *mon*

Copain erwartet oder *mon cochon* verdient hätte), ihre rätselhaften, völlig unangebrachten Lachanfälle und diese ironische Leutseligkeit *(notre âge à nous)*. Aber sie hatte auch Worte und Gebärden von unbestreitbarer Aufrichtigkeit – hier verließ er sich auf seinen Instinkt, der nicht leicht zu betrügen war – und kannte abwechslungsreiche Stellungen, die sie dem Partner mit einladenden Kopfbewegungen oder Blicken suggerierte. Sollte der Conte mit fünfundvierzig plötzlich Geschmack an der phantasievollen Liebe finden, an den anspruchsvollen und raffinierten Einfällen eines Weibes? Tatsache war jedoch, daß ihn auch eine bisher schlummernde Neigung dahin gebracht hatte, eine noch unbefriedigte, unentdeckte Neigung, die er seinem habsburgischen Blut zu verdanken hatte. Und die Goltz war für ihn Entdeckung und Entdeckerin zugleich. Er ließ sie weggehen und folgte ihr dann, eine Minute später. Die Gotthard-Post war glockenpünktlich, und er konnte seine Dame gerade noch einsteigen sehen. Er rief sie beim Namen, aber sie war nicht der Typ, der sich umschaut.

Dafür stolperte er, als er in der Staubwolke hinter den nach Wassen davontrabenden Pferden die Straße überquerte, über eine schwarze Katze. Und es war Freitag; erst vier Uhr nachmittags. Die verliebten Gedanken vergingen ihm mit einem Schlag.

Vor der Poststation zweigt ein Fußweg ab, der die Fahrstraße abkürzt und in einer guten halben Stunde zur Göschenenalp führt. Er schlug ihn ein, da er dort noch nicht gewesen war, aber nach ein paar Minuten bog er nach rechts ab, auf eine Holzbrücke über den Weißbach, einem Zufluß der Reuß; und dann ging er den Bach entlang weiter; dieser neue, gut instand gehaltene und ziemlich breite Weg (man erkannte darauf die Spuren von Fuhrwerken) mündete in einen großen Platz. Der Conte setzte sich auf einen Stein. Zu seinen Füßen fand er ein Stück Ziegel, und damit kritzelte er mechanisch auf den Felsbrocken, auf dem er saß, drei Zahlen: »9-89«. Ein Datum, dem er den Buchstaben »M« hinzufügte. Warum? Das fragte er sich selbst. Wer weiß, vielleicht als Zeichen der Huldigung (oder des schlechten Gewissens) für seine Frau? Etwas verfehlt, wenn man so will; aber spontan und daher aufrichtig. Er würde es ihr erzählen: »An einem Nachmittag habe ich da oben in der Schweiz das Datum und den Anfangsbuchstaben deines Namens auf einen Stein gekritzelt.« – »*O toi! tu en as de bien bonnes*« würde sie antworten. – Ganz bestimmt.

Als er die Augen hob, sah er etwas, das ihm das Blut aus den Wangen trieb. Ihm gegenüber schloß eine Felswand den großen Platz ab. Plötzlich drehte sich ein etwa drei auf zwei Meter großes Stück dieser Wand um die eigene Achse; mitsamt den Steinen, Moospolstern und Grasbüscheln darauf! Dahinter öffnete sich ein dunkler Hohlraum.
Aber nicht so dunkel, als daß er nicht mit seinen scharfen, tagblinden Augen die Rohrmündung einer großen Kanone hätte entdecken können. Mindestens einer 180er. Einer Festungskanone.
Es war eine jähe Vision, denn die Felskulisse schloß sich sofort wieder: Exakt wie die Tür eines Banktresors. Ohne Erschütterung, ohne Lärm.
Lärm entstand jedoch gleich darauf hinter ihm. Drei Männer kamen einen Abhang heruntergestürzt und umringten ihn. Männer in Uniform und mit aufgepflanztem Bajonett.
»Was tun Sie hier?«
Diese drei Männer waren weit weniger ungewöhnlich als das, was er einen Augenblick vorher gesehen hatte. Er begann zu begreifen und antwortete ruhig, auf französisch. Einer der drei, ein Unteroffizier, erwiderte in der gleichen Sprache:
»Militärgebiet. Sie hätten es nicht betreten dürfen. Und was bedeutet die Nummer, die Sie da auf den Stein geschrieben haben?«
Der Unteroffizier hatte einen seiner Soldaten weggeschickt, wahrscheinlich, um Instruktionen einzuholen. Inzwischen unterzog er mit einem Gemisch aus Verachtung und Verdächtigung den Paß des unseligen Touristen einer genauen Untersuchung. Dieser zudringliche Ausländer: Er hatte eine der vielen geheimen Vorkehrungen

entdeckt, die aus diesem Alpental ein Fort machten – Laufgräben und Batterien in Höhlen, Kasernen und Magazine im Innern der Berge verborgen.
Fast eine Stunde später (die Wachposten hatten dem Gefangenen erlaubt zu rauchen) kam der Kommandant, ein Hauptmann. Korrekt, aber nicht freundlich.
»Ich muß mir die Daten Ihres Passes notieren. Und Sie fragen, wo Sie logieren.«
»Glauben Sie, daß es im Interesse Ihres gastfreundlichen Landes ist, einen Fremden, der spazierengeht, wie einen Spion zu behandeln?«
»Gehen Sie spazieren. Aber schreiben Sie keine Daten auf Steine. Und beachten Sie gewisse Tafeln!«
Er eskortierte ihn bis zur Brücke, die nicht wie die anderen aus Stämmen, sondern aus exakt zugeschnittenen soliden Brettern bestand und an der eine große Tafel angebracht war, die er auf dem Hinweg gar nicht beachtet hatte: »Durchgang verboten.«
Für jeden anderen ein kleines mißliches Abenteuer. Für ihn war es etwas ganz anderes. Auf der einen Seite die Bestätigung dessen, was ihm die schöne Goltz gesagt hatte: »Hier weiß niemand, wer Sie sind.« Aber auch eine Bedrohung seines kostbaren Inkognitos, die schon bald ihre Folgen haben konnte. Gherardesca, der von seinem Ausflug an den Vierwaldstätter See zurückgekommen war, erwartete ihn auf der Schwelle des Adler. Er erkundigte sich, ob es Neuigkeiten oder Befehle gebe. Sollte der Conte ihm von der Begegnung auf der Göschenenalp erzählen? Er zog es vor, den Mund zu halten – zu hoffen, daß den Streitkräften der Eidgenossenschaft auch weiterhin verborgen bleiben möge, welch hohen (und harmlosen) Gefangenen sie in Händen gehabt hatten.

VI

Brighenti beendete seine Toilette mit besonderer Sorgfalt; zum Schluß gab er noch etwas *Acqua di Felsina* auf seinen Bart. Das Zimmermädchen war gekommen und hatte ihm mitgeteilt, daß sich Fräulein Mansolin und Frau Schwartz nicht wohl fühlten und um seinen Besuch baten.
Er begann mit der Mansolin.
»Mein Doktor in Padua sagt, ich hätte die *Stigmata hysterica;* ich habe nie begriffen, was das sein soll ...«
»Diese Diagnose schließe ich aus.«
»Wissen Sie, ich bin so nervös! Hier im Gebirge schlafe ich schon die dritte Nacht nicht.«
»Baldrian! Baldrian!«
»Und heute morgen habe ich nicht einmal die Kraft aufzustehen. Ich bin todmüde. Außerdem, Professore, kommen Sie näher, ich muß Ihnen etwas beichten.«
Diese Rosenknospe, die aus ihrem Spitzenschal mit rosa Bändchen hervorschaute: ein Vergnügen, sich ihr zu nähern. Brighenti setzte sich ganz nah ans Bett und griff nach ihrem Puls.
»Aber nein. Das hat damit doch nichts zu tun. Ich muß Ihnen was beichten. Kann ich es auf französisch sagen?«
»Sagen Sie es ruhig auf italienisch.«
»Nein! Auf französisch. *C'est depuis quelques mois que ... que j'ai repris mes habitudes de collégienne.*«
»Mein liebes Kind. Nun mal langsam. Nichts übertreiben. Kommt das häufig vor?«
»Das hängt ganz von der Gelegenheit ab.«
»Aber Sie haben doch Ihren Bräutigam. Worauf warten Sie noch mit der Hochzeit?«
»Wir heiraten nächsten Monat. Aber bleiben Sie hier, ich muß Ihnen noch etwas beichten: Ich bin nicht verliebt. Verstehen Sie?«
»Sie sind nicht verliebt? Aber warum denn?«
»Ich bin es einfach nicht! Sie werden mich doch nicht verraten?«

»Sie beleidigen mich. Berufsgeheimnis! Aber ich bin erstaunt. Dieser Vigliotti. Ein gutaussehender Mann und dafür geschaffen, Karriere zu machen.«
»Ich weiß. Er ist reich und wird Karriere machen, darum heirate ich ihn ja. Aber ich denke noch an einen anderen. Einen, der mir vor zwei oder drei Jahren einen Antrag gemacht hat. Wir haben uns nur auf der Straße getroffen, und ich bin so kurzsichtig, daß ich nie genau sehen konnte, ob er schön oder häßlich ist. Aber er war vornehm, intelligent und hatte eine wunderschöne Stimme. Und er sprach auf so bezaubernde Weise von der Liebe.«
»Wieso haben Sie dann *den* nicht genommen?«
»Er war nicht reich. Außerdem hatte er einen so komischen Familiennamen. Ich mußte ihn abweisen. Vor einem Jahr war ich jedoch richtig nervenkrank, mir kam sogar der Gedanke, mich umzubringen. Stellen Sie sich vor!«
»Zum Teufel, was Sie nicht sagen!«
»Wirklich! Frau Schwartz färbt sich doch die Haare. Denken Sie, mit neunundvierzig Jahren! Ich wußte, daß das Färbemittel, das sie benützt, wie heißt es doch gleich ...?«
»Pyrogallol.«
»Ja, genau, daß das ein Gift ist, und eines Tages habe ich ihr die Flasche weggenommen und einen Schluck daraus getrunken.«
Sie lachte, den kleinen Kopf aufs Kissen zurückgeworfen, ein Lachen, das den Raum an diesem bleiernen Morgen wie ein Sonnenstrahl erhellte.
»Ich habe sofort alles wieder ausgespuckt. Mein Gott, war das eine Schweinerei! Aber, Professore, es war doch ein ganz schönes Risiko. Und zu was für einer Medizin raten Sie mir jetzt? Hoffentlich nicht zu *Aqua antihysterica*.«
»Ich verschreibe Ihnen Bewegung, und zwar soviel wie möglich. Schlafen auf harter Unterlage. Die Hochzeit vorantreiben. Ihr Vigliotti ist genau die Arznei, die Sie brauchen. Ein Kerl von einem Mann. Und Sie werden ihn schon noch mögen, glauben Sie mir. – So, jetzt gehe ich, um nach Ihrer Gesellschaftsdame zu schauen.«
»Und ich gehe zu meinem Bräutigam hinauf. Stimmt es, daß er den Fuß gebrochen hat?«

»Das schließe ich aus. Auf alle Fälle werde ich ihn später noch einmal untersuchen. Und Sie, meine Liebe, denken Sie nicht an Hysterie. Das ist keine Krankheit, das ist eine Verleumdung, die irgend so ein Weiberfeind erfunden hat.«

Auf Nummer 20 war die Szene, die sich ihm bot, weniger poetisch. Dafür vielleicht konkreter oder verheißungsvoller. Frau Schwartz, Witwe eines Schauspielers, der sie bis zu seinem Tod vernachlässigt und betrogen hatte, suchte sich mit einer pathetischen Begierde dafür zu entschädigen, einer Begierde, die durch ihr matronenhaftes Gehabe und ihre zur Schau gestellte Schweizer Ehrbarkeit ebenso knapp verhüllt wurde wie ihre üppigen Formen von dem leichten Morgenmantel, den sie im Bett trug. Sie klagte über Schmerzen in der Brust und Erkältung, leichtes Ziehen im Rücken.

»Sehen Sie, das ist das Grau dieser Tage. Der Weltschmerz, die Trauer über unser nutzloses Dasein ... Sprechen Sie Deutsch, Herr Professor? Kann ich deutsch mit Ihnen reden?«

»Reden Sie lieber italienisch, wenn es Ihnen nichts ausmacht. Ich muß Sie hier oben entblößen, gnädige Frau. Gestatten Sie?«

Es kamen zwei Schultern zum Vorschein, die einen Ringkämpfer neidisch gemacht hätten, jedoch ganz glatt und weiß. Brighenti auskultierte konzentriert. Dann:

»Bitte machen Sie sich vorne frei.«

Einen Arzt, der profane Absichten mit seiner Kunst vermischt, belegt Hippokrates mit dem Bann. Aber selbst Hippokrates hätte bei Patientinnen wie der schmachtenden Schwartz eine Ausnahme machen müssen. Die fing an zu seufzen:

»Oh, Herr Professor. Ich gerate in Verwirrung.«

Und er: »Tief atmen«, »husten«, »locker lassen«.

Formell war die Inspektion einwandfrei, kein indiskreter Blick, kein indiskretes Wort. Doch es genügten die Hände. Und der nach *Acqua di Felsina* duftende Bart, der zärtlich auf und ab strich, weich und erregend.

Vor der Hotelremise warteten etwa zehn Männer: Treiber, Jäger, ein Führer, Mancuso und Gherardesca. Es sollte in das Gebiet gehen, in dem sie den Steinbock gefunden hatten, jedoch noch höher hinauf. Am Tag zuvor hatte man während eines Aufklarens Steinböcke und Gemsen auf ungefähr zweitausend Meter gesichtet. Heute dagegen war gar nichts zu sichten, das Wetter jeder Jagd abträglich. Der Conte kam um acht Uhr herunter, sie hielten Rat. Er wollte auf jeden Fall gehen, der Führer dagegen vertrat die Ansicht, man solle die Sache verschieben. Ebenso Gherardesca, der durch Vigliottis Mißgeschick vorsichtig geworden war. Als es zehn Uhr vorbei war und keine Hoffnung mehr auf eine Wetterbesserung bestand, überwogen die Stimmen, die zum Aufschieben rieten, und nach der Verteilung von Kaffee und Cognac löste sich die Gesellschaft auf. Gherardesca ging bis zur Poststation und kam mit einem Vorschlag zurück: Die Gotthard-Post sei zwar schon fort, aber der Postmeister böte sich an, einen zweiten Wagen loszuschicken. Wenn der Conte Lust hätte, könnte man doch zum Paß hinauffahren.

In die fünfspännige Kutsche, die zwölf Personen Platz bot, stiegen der Conte mit seinen Begleitern und das Fräulein Mansolin. Der Gedanke, sie einzuladen, stammte von Brighenti. Als er Vigliotti auf seinem Zimmer visitiert hatte (nur eine Sehnenzerrung, kein Bruch, drei Tage Ruhe), hatte ihm die kleine Clara leid getan, die schmollend und melancholisch dort eingesperrt war. Armes Mädchen, ein bißchen frische Luft würde ihr guttun, er selbst hatte ihr ja Bewegung verschrieben. Der Conte wurde gefragt und hatte nichts dagegen. Schließlich stiegen noch – ebenfalls mit seiner Erlaubnis – Frau Schwartz und eine Bekannte von ihr aus Zürich ein, die auch im Adler wohnte, noch relativ jung und sympathisch war und Italienisch konnte.

Das der Jagd abträgliche Wetter war auch für einen Ausflug nicht gerade ideal. Bis Andermatt sah man nichts als Nebel und schwarze Umrisse von Tannen, die im Nebel dampften. Die Mansolin, die sich, fest in Schals und Decken gehüllt, auf dem Verdeck hinter dem Postillion niedergelassen hatte, stieß mit ihrer kleinen schrillen Stimme

Begeisterungsrufe aus; man begriff nicht, worüber sie so begeistert war, aber sie schien da droben glücklich zu sein. Drinnen schlummerte Gherardesca und schreckte nur ab und zu auf, um sich das Monokel wieder ins Auge zu setzen. Brighenti vervielfältigte die geheimen Annäherungsversuche an sein Gegenüber. Der Conte wandte sich Frau Tschudi zu, der Züricherin, die an einem Lyzeum Italienisch unterrichtete, und stellte ihr ein paar Fragen.
»Ist die italienische Kolonie in Zürich groß?«
In Gedanken befaßte er sich jedoch mit dem Rapport, den dieser Hauptmann schreiben würde: »Ich melde die Anwesenheit eines sich verdächtig verhaltenden Ausländers in der Örtlichkeit soundso, Militärzone Göschenen.« – Morgen liegt er auf dem Tisch des Kommandanten dieses Gebiets, der ihn zuständigkeitshalber an die Spionageabwehr weiterleitet. Und die Spionageabwehr erbittet dann Auskünfte bei den italienischen Behörden. »Ein angeblicher Filiberto di Moriana ...« – Ach Quatsch. Wer verlangt schon Auskünfte von den Behörden eines Landes, aus dem der angebliche Spion kommt? Man erkundigt sich am Ort. Was macht er, mit wem hat er Kontakt? In seinem Fall: mit der Goltz. Auch sie Ausländerin – und Deutsche. Die Deutschen sind seit 70 hier nicht besonders gern gesehen. Im Jahr 70 hatte eine bayerische Armee gedroht, die helvetische Jungfräulichkeit zu schänden.
»Haben Sie viele Schüler in Italienisch?«
Aber wenn schon. Die Goltz ist hier bekannt, sie hat so vielen Leuten Arbeit gegeben, und sie ist reich. Alle wissen, daß sie die Witwe eines Krupp ist. Für die Spionage sucht man keine solchen Leute aus.
Er machte es sich in seinem Winkel bequem und redete nichts mehr. Hing seinen Gedanken nach. Er fühlte Schweiß an den Händen und auf der Stirn, eine gewisse Atemnot. Die Höhe?
Ach was, die Höhe war daran nicht schuld. Er hatte die Alpen vom Col du Mont Cenis bis zum Monte Tonale zigmal durchstreift, ohne daß es ihm das geringste ausgemacht hätte. Es waren eher die ersten Dämmerschatten des Klimakteriums. Der allmähliche, unaufhaltsame »Abschied vom aktiven Dienst«. Wer hatte das doch noch ge-

sagt – sein Vater? »Ein Mann ist wert zu leben, solange er den Frauen Lust und den Männern Furcht einflößt.«
Er flößte den Grenzwächtern Furcht ein. Oder waren es die Grenzwächter, die ihm Furcht einflößten? Mein Gott, der Rapport dieses Hauptmanns mußte ja gar nicht abgehen. Rapport bedeutet Inspektion, Nachforschung; wer seine Unterschrift daruntergesetzt hat, ist als erster dran. Ungenügende Bewachung und so weiter. Ganz recht. Aber inzwischen wußte er nicht, wie er stillsitzen sollte.
Oben in der kahlen Einsamkeit des Passes trafen sie auf eine blasse Sonne, und seltsam, auf über 2000 Meter wehte ein mildes Föhnlüftchen. Doch die Stimmung des Conte besserte sich nicht. In dem Hospiz, in das sie einkehrten und das zusammen mit ein paar Hütten aus Tannenholz das einzige Zeichen menschlichen Lebens in dieser stummen Weite war, erfand er in dem Augenblick, als man sich zu Tisch setzte, einen Vorwand, um allein zu essen, und nahm nur wenig zu sich.

Es war Clara, die ihn nach dem Essen aufstöberte:
»Signor Conte, darf ich Sie um etwas bitten?«
»Bitte.«
»Mich zu begleiten.«
Einfach so.
»Und wohin?«
Immerhin ging er hinter ihr drein. Neben dem Hospiz führte ein Weg zu den kahlen Gipfeln, und sie waren sofort allein zwischen dunklen, glatten Basaltblöcken aus grauer Vorzeit. Das Mädchen machte ein paar schüchterne Versuche, das Schweigen zu brechen, doch dann beeindruckte sie die Wildheit des Ortes, schüchterte sie ein.
»Wenn Sie nicht wären, würde ich vor Angst sterben.«
»Wollen Sie mir nicht sagen, weshalb Sie sich ausgerechnet an mich gewandt haben?«
Und das war die überraschende Antwort:
»Weil die anderen alle alt sind.«
Nun, diese Züricherin, Frau Tschudi, mochte etwa fünfunddreißig sein, und Gherardesca war vierzig, also fünf Jahre jünger als er, wenngleich älter aussehend. Und

doch war die Antwort so spontan, so ernst und sicher gekommen, daß er nicht das Gefühl hatte, an ihrer Aufrichtigkeit zweifeln zu müssen. Sein Schritt wurde elastischer, sein Atem ruhiger, trotz des Anstiegs. Er hätte sich dagegen verwahren, mit einer scherzhaften Anspielung auf seine grauen Schläfen erwidern müssen. Er ersparte es sich. Warum nicht das kleine Geschenk annehmen?
»Es tut mir leid«, sagte Clara nach einer Weile, »daß Sie traurig sind.«
Auch diesmal war er klug genug, nicht zu antworten.
»Obwohl Ihnen die Traurigkeit gut zu Gesicht steht. Der Signor Conte hat ein Gesicht, das für die tiefen Dinge geschaffen ist.«
Sollte er darüber lachen? Nicht einmal im Traum. Von all den Frauen, die ihm den Hof gemacht hatten, tat diese es als einzige mit Anmut. Denn daß sie ihm den Hof machte, das war inzwischen klar. Und wenn sie wirklich ehrlich wäre? Wenn sie tatsächlich bemerkt hätte, daß er weder mitteilsam noch optimistisch war und auch nie einen Grund gehabt hatte, es zu sein?
»Wie schön die Dame war, die Sie neulich bei sich hatten!«
»Welche Dame?«
»Die Dame, die gestern mit Ihnen gespeist hat.«
Jetzt mußte er doch lächeln. Eine eifersüchtige Spitze, und noch dazu mit so viel Charme vorgebracht. Diese Mansolin war ein Weibchen erster Güte. Man mußte sie entschädigen.
»Und ich möchte gern wissen, warum Sie sich bei diesem Wetter auf dem Wagenverdeck verkrochen haben.«
Keine plausible Antwort, im übrigen interessierte es den Conte auch gar nicht. Sie hatten sich erklärt, dem war nichts hinzuzufügen. Sie machten kehrt. Er erhobenen Hauptes voraus, freudig die Höhenluft einatmend; und alle Augenblicke drehte er sich an den etwas beschwerlichen Wegstellen um und reichte ihr die Hand. Ein echter Charakter jedoch, diese Kleine: Als es an die Rückfahrt ging, kletterte sie auf ihren bevorzugten Sitz auf dem Kutschendach und blieb dort bis zur Ankunft. Der Conte

durfte sich inzwischen im Wageninnern an den lauten Dialektreden Brighentis delektieren und an dem gedämpften Schnarchen Gherardescas, der, die Hände über dem Bauch gefaltet, schlief.

Kaffeepause in Andermatt; dabei entdeckte Brighenti, daß der Chefkoch im Bellevue, dem größten und meistbesuchten Hotel im Kanton Uri, ein Landsmann von ihm war, ein Bologneser. Er schwor, am nächsten Tag wiederzukommen, um mit den *Tagliatelle* Abwechslung in die trostlose Schweizer Küche zu bringen, und die Damen Schwartz und Tschudi, die in dieser Hinsicht nicht nationalistisch waren, stimmten ihm begeistert zu. Die Abfahrt sollte mit derselben reservierten Kutsche der Gotthard-Post stattfinden; um zwölf Uhr, da es nur ein paar Kilometer waren. Der Conte gab seine Zustimmung; was seine Beteiligung anging, so behielt er sich eine Entscheidung vor.
Die Mansolin wollte ihren Bräutigam nicht allein lassen; aber am nächsten Mittag hatte sie das Gefühl, sich genug geopfert zu haben, und schloß sich den anderen an. Zum Schluß bekam auch der Conte Lust mitzufahren, und die Postkutsche machte sich wieder mit der gewohnten Gruppe (und im gewohnten Nebel) auf den Weg. Als sie in Andermatt ausstiegen (die Mansolin kam wieder von ihrem Ausguckposten auf dem Verdeck, die kalte Luft hatte ihre Gesichtsfarbe belebt), wurde der Conte, der das große Hotel noch nicht aus der Nähe gesehen hatte, von Zweifeln erfaßt. Persönlich betrat er zunächst das Bellevue zu einer Erkundung. Er brauchte nicht lange. Er hatte sich das Verzeichnis der Gäste zeigen lassen. Darunter befand sich kein Geringerer als Fürst Lichnowsky, österreichischer Außenminister!
Tableau!
»Geht ihr ruhig hinein. Aber ohne mich.«
»Wir werden Sie doch nicht allein lassen, wir erwarten Ihre Befehle ...«
»Und ich befehle euch hineinzugehen. Aber Sie, Brighenti, sollten sich schämen, so gefräßig zu sein. Schämen sollten Sie sich!«

Der Professore fand sein Taschentuch nicht, um sich den Schweiß abzuwischen.
Der Ärger des Conte war rasch verflogen: Allein und frei, das bedeutete für ihn zwei angenehme Stunden. Er schritt durch das Dorf, das voll von Ausflüglern war, ging den Wiesen entlang, wo man gerade das Augustheu einbrachte; über ihm der schiefergraue Himmel, an dessen Grenzen man umsonst nach den berühmten Gipfeln des Muttenhorns und des Finsteraarhorns suchte, die vom Baedeker und den örtlichen Ansichtskarten angepriesen wurden – und ihm völlig gleichgültig waren. Als er wieder ins Dorf zurückkam, ging er ins erstbeste Gasthaus, aß dort und begoß die Mahlzeit mit diversen Gläsern Bier, das granatfarben leuchtete und ausgezeichnet schmeckte.
Ihm gegenüber saßen am Tisch zwei Herren in Tiroler Joppen, die aber französisch sprachen; links von ihm ein alter Bergbauer mit tomatenrotem Gesicht, der, nachdem er Hunger und Durst gestillt hatte, die Arme auf dem Tisch verschränkte, seinen Kopf darauf legte und sanft entschlummerte. Die Franzosen (oder Französisch-Schweizer oder Belgier) tauschten ihre Eindrücke über Italien aus, von wo sie anscheinend gerade kamen. Besonders beeindruckt hatte sie ein gewisser Überfluß, den Italien auf den verschiedensten Gebieten zu genießen schien: Die Gendarmerie (es gibt dreierlei, nach bestimmten Rechnungen sogar viererlei miteinander rivalisierende Polizeikräfte), die Morde (die Italiener morden sich untereinander ohne Schonung und bevorzugt auch ohne Motiv), die Mengen von Arbeitslosen auf den Dorfplätzen, der unaufhörliche Krach, dessentwegen der Fremde in Florenz, Genua oder Mailand weder bei Tag noch bei Nacht seine Zeit mit Schlafen verschwendet, und die erstaunlichen Mengen von Papier und leeren Flaschen, die am Strand und auf den Wiesen und Bergen die natürliche Schönheit der Landschaft steigern. Weitere Eigentümlichkeiten: Wenn ein Zug mit weniger als zwanzig Minuten Verspätung in den Bahnhof einfährt oder ein Brief in weniger als drei Tagen seinen Adressaten erreicht, schlagen die Beteiligten das Kreuz – »wie bei uns, wenn ein Kalb mit zwei Köpfen auf die Welt kommt«.

Auf diese Weise kam der Conte in den Genuß der neuesten Nachrichten aus seinem glücklichen Königreich. Dennoch fühlte er, wie ihm durch das Bier der Kopf schwer wurde, und er beneidete seinen Nachbarn zur Linken, der ungestört schlief. Ohne große Hoffnung ahmte er dessen Haltung nach und schloß die Augen.
Ein Wunder: Er schlummerte ein. Und schlief eine halbe Stunde. Mit ebensoviel Verspätung kam er zur Verabredung, die in gebotener Entfernung vom gefährlichen Hotel Bellevue festgesetzt worden war. Bei der Postkutsche traf er nur die Damen. Brighenti und Gherardesca waren nicht da; sie irrten noch durch die Straßen von Andermatt auf der Suche nach ihm. Das geschah ihnen recht – diesem gefräßigen Brighenti und dem anderen, dieser Schlafmütze!
Sie fuhren ab. Die Mansolin hatte auf ihren Platz auf dem Verdeck verzichtet (zu ihrem Glück, wie wir noch sehen werden) und saß jetzt dem Conte im Wageninnern gegenüber. Ein niedliches Füßchen schob sich sachte zwischen die seinen. Mit der demütigen Beharrlichkeit von jemandem, der um Verzeihung bittet. Was wollte sich die Kleine denn verzeihen lassen? Daß sie heute den ganzen Tag voneinander getrennt gewesen waren? Vielleicht.
Auf dem Rückweg schien die Sonne: eine neue, verschwenderische Sonne, die goldene Strahlen zwischen die Tannen schickte und die Schatten vertiefte, eine hoch stehende Sonne, die auf die Gletscher und Gipfel strahlte, die an jeder Wegbiegung wieder neu zum Vorschein kamen. Die Mansolin lehnte sich aus dem Fenster (zog aber ihren Fuß nicht zurück).
»Ja, jetzt ist es schön«, flüsterte sie. »Jetzt ja.«
Sie fuhren zu schnell, als daß man die Landschaft ernsthaft hätte bewundern können. Der Postillion mußte es sich in den Kopf gesetzt haben, die Verspätung wieder aufzuholen, und knallte mit der Peitsche.
Die Gotthard-Post mit ihren Kutschern, ihren ausgesuchten Pferden, ihrem Hörnerklang und ihren gelbblauen Farben stand der Legende, die sich in der Literatur halb Europas (von England über Deutschland bis nach Rußland) um sie rankte, in nichts nach. Sie war ein bequemes,

aber abenteuerliches Transportmittel. Pünktlich nach Schweizer Art, aber von kühnem Tempo und anmaßend: Wehe dem, der ihr nicht Platz machte. Der Wagen, den der Conte und die Seinen gemietet hatten, genoß die gleichen Vorrechte wie die regulären Postkutschen und konnte sich sogar noch eine größere Geschwindigkeit erlauben.

Bei der Hinunterfahrt nach Göschenen entfaltete der Wagenlenker all seine Künste, und der Conte, der etwas davon verstand (er war selbst Experte im Vierspännerfahren), konnte nicht umhin, ihn zu bewundern. Der Stil, mit dem sie haarscharf an den Prellsteinen vorbeifuhren, war vollkommen. Für eine Verlangsamung des schweren Fahrzeugs sorgten zuerst die hinter dem ersten, dem steuernden Paar eingespannten Pferde mit ihren kräftigen Sprunggelenken – außer den Bremsen natürlich.

Sie fuhren in vollem Tempo über die bekannte Teufelsbrücke. Gleich danach kam eine Reihe ziemlich enger Kurven. Der Kutscher rief den Pferden etwas zu und zog entschlossen die Zügel an.

Die Bremsklötze legten sich zum zigsten Mal auf die Eisenreifen der Räder. Genau vor der letzten Kurve (man konnte bereits die Dächer von Göschenen sehen) löste sich plötzlich ein Radbelag, hüpfte in die Höhe und wand sich dann wie eine Schlange im Straßenstaub; der Bremsklotz schnitt nun die Felge aus dickem Eichenholz, die noch ein paar Augenblicke standhielt. Dann gab sie nach, zerbrach, und die Radspeichen schossen wie die Pfeile aus einer Armbrust weg. Das Geräusch hatte große Ähnlichkeit mit dem Knattern einer Gewehrsalve. Der Wagen schwankte, neigte sich und schlug nach rechts um. Tief unter ihnen schäumte der Tiesbach auf seinem Weg zur Reuß.

Zweiter Teil

Das gepachtete Paar

VII

Intermezzo im Himmel (Himmel des Geistes oder der reinen Idee): Auf dem Thron sitzend, die Erdkugel zu ihren Füßen, muß die Geschichte über das Schicksal eines ihrer Akteure entscheiden. Sie ist unsicher, kratzt sich die Perücke: Jetzt oder in fünf oder in zehn Jahren? Diese oder eine andere Kutsche?
Die übrigen sechs Personen der Gruppe interessieren sie nicht. Es sind für sie lediglich Männer und Frauen, denn *de parvis humani generis non curat Historia*. Während sie noch überlegt, mischt sich ungefragt der Zufall ein. Ein nicht zu beseitigender Eindringling, wie schon Professor Hegel zugeben mußte, nachdem er, beim Versuch, ihn auszuschalten, mehr als ein Hemd durchgeschwitzt hatte. Und der Zufall entscheidet nach eigenem Gutdünken.
Der Zufall also wollte es, daß der Kutscher Hans Seiler, aus Hospenthal stammend, wenige Augenblicke zuvor die Geschwindigkeit schon reduziert hatte, da sie einer Kalesche begegneten, in der außer dem Fuhrmann zwei Franziskanerschwestern reisten, von denen die eine die Kusine der Frau eben dieses Seiler war. Außerdem wollte es der Zufall, daß die in diesem Stück steil über dem Tiesbach liegende Straße wegen eines vor kurzem heruntergegangenen Erdrutsches durch ein provisorisches Holzgeländer gesichert war – gar kein besonders robustes, aber doch stark genug, daß es die Last aufhalten konnte, und so glatt, daß es nicht herausgerissen wurde. Etwa zwanzig Schritt lang. Das Wagenverdeck, auf dem sich weder Menschen noch Gepäckstücke befanden, strich darüber hinweg, bis das Gefährt, das mit seinem Radstummel den Straßenrand pflügte, hielt – nur ein paar Handbreit, bevor das Geländer aufhörte und sie in den Abgrund gestürzt wären.
Seiler, der unverletzt war, rannte, um die verängstigten Pferde aufzuhalten; einer der Reisenden öffnete den linken Wagenschlag und sprang auf die Straße (eineinhalb Meter tief, infolge der Neigung des Fahrzeugs). Es war

Gherardesca. Ihm folgten, ebenfalls heil, Brighenti und der Conte.
Gemeinsam hingen sich die drei Männer mit aller Kraft an die Flanke des Wagens und richteten ihn wieder auf, dann zogen sie die Schwartz und die Tschudi heraus, die regelrecht in Ohnmacht gefallen waren. Für Clara bildeten sie mit ihren Händen eine Leiter. Das Mädchen war nicht nur bei sich, sondern rosiger denn je und ganz ruhig. Sie wies die Flasche mit Cognac zurück, kramte statt dessen aus dem Reisesack von Frau Schwartz eine Tafel Schokolade hervor und fing an zu knabbern.
Es war nur noch ungefähr ein Kilometer bis zum Dorf. Als die beiden Damen sich wieder erholt hatten, wies der Conte die Gruppe an, sich auf den Weg zu machen.
»Geht schon voraus. Ich bleibe noch da und helfe dem Mann hier.«
Ein Chor feierlichen Protestes.
»Ich ersuche euch zu gehen.«
Das Grüppchen verschwand im Tunnel, der wenige Schritt weiter begann; Brighenti ging am Schluß, da er eine Prellung an einer Stelle spürte, die in Gegenwart von Damen nicht zu inspizieren war. Der Conte begab sich zu den Pferden, während Seiler versuchte, Ordnung in das Gewirr von Zügeln und Zuggurten zu bringen. Diese Dinge gehörten zu den wenigen, von denen der Conte wirklich etwas verstand, und es war nur natürlich, daß es ihm gefiel, seine Kenntnisse unter Beweis zu stellen, noch dazu als Dienst am Nächsten. Leider haben die Pferde, auch die besten, manchmal den »Tick«, das heißt sie beißen. Der Conte bekam einen scharfen Biß ab, der sogar durch seinen Handschuh ging. Blut trat heraus.
Clara, die – unfolgsam – im Schatten am Tunneleingang wartete, lief herbei.
»Sie bluten ja!«
Ganz schnell zog sie ihm das Spitzentuch aus der Brusttasche, tränkte es mit Kölnisch Wasser, das sie aus ihrem Handtäschchen nahm, und verband ihn.
»Und jetzt kommen Sie, bitte! Tun Sie mir den Gefallen!«
Sie machten sich auf den Weg, und die Kleine fügte hinzu:

»Sie dürfen sich nicht so der Gefahr aussetzen. Sie sind zu wichtig.«
»Zu wichtig« – er hatte recht gehört, und keinen Moment lang kam ihm der Verdacht, es handle sich dabei um den Ausdruck monarchistischer Ergebenheit. Die Tatsachen gaben ihm für den Augenblick recht: Als sie im Tunnel waren, beugte er sich im Dunkeln herunter und traf auf einen frischen, feuchten, ergeben geöffneten Mund. Hingabebereit.
»Jetzt schimpfen Sie mich aber nicht mehr aus?« lautete Claras Kommentar.
Er verblüfft: »Sie ausschimpfen?«
»Sehen Sie, vor zwei Jahren habe ich am Lyzeum meine Abschlußprüfung gemacht, und bei der Lateinübersetzung hatte ich eine kleine Grammatik im Busen versteckt. Niemand hat es gemerkt, wenn ich sie herauszog, nur Sie. Sie haben mich angeschaut.«
»Ich?«
»Ja. Ihr Porträt über dem Katheder. Sie haben mich ganz streng angeschaut. Und mich ausgeschimpft!«

An diesem Sonntagnachmittag war noch ein anderes Reiseabenteuer in der Nähe der Bahnstation Göschenen glimpflich ausgegangen, eine Minute nachdem sich der Schnellzug Mailand–Zürich wieder die Richtung Erstfeld in Bewegung gesetzt hatte.
In der Schweiz gibt es einen Samariter-Verein, der, obwohl calvinistischen Ursprungs, weltlich ist und sich durch die Robustheit und die evangelische Tatkraft seiner Mitglieder auszeichnet. Diesem Verein gehörte auch ein Senn aus Göschenen an, ein gewisser Peter Weiß. An besagtem Nachmittag fuhr Peter mit Pferd und Wagen ins Dorf, um seine Milch abzuliefern, und auf dem Weg, der ein Stück weit der Bahnböschung folgt, sah er einen Mann auf der Straße sitzen. Der Mann rieb sich mit schmerzverzerrter Grimasse den Knöchel; als er Peters ansichtig wurde, versuchte er, seine Grimasse in ein Lächeln zu verwandeln, und sagte auf deutsch:
»Ich bin vom Zug gefallen.«
Peter verschwendete seine Zeit nicht mit Worten. Er hob

den Armen auf, legte ihn auf den Wagen zwischen die Milcheimer und setzte sein Pferd in Trab. Nach einem kurzen Halt bei der Apotheke, die nicht öffnete (es war Sonntag), hielt er vor dem Adler, wo er einen Teil der Milch ablud und dem Unglücklichen die Stufen hinaufhalf. Der Besitzer, Herr Wüntz, blickte von der Türschwelle nach hinten, ob der Portier auf seinem Platz sei; weitere Anstrengungen unternahm er nicht. Und der brave Peter fuhr wieder ab, ohne belohnt und bedankt sein zu wollen – wie es die Regel allen guten Samaritern vorschreibt.
Der bis zu den Ellbogen hinauf mit Schmutz bedeckte Herr fragte nach einem Zimmer. Das Zimmer war zu haben. Doch da der Portier nicht daran gewöhnt war, übel zugerichtete Leute ohne Hut und Mantel und ohne Koffer aufzunehmen, forderte er den Ankömmling als erstes auf, Vornamen, Zunamen und Wohnort in das Gästeverzeichnis einzutragen; gut leserlich, bitte.
Keine Schwierigkeit. An der Rezeption staken in einer Vase, um die Schweizer Flagge gruppiert, die Fähnchen von vier oder fünf anderen europäischen Staaten – den Herkunftsländern der Gäste. England fehlte noch; gut, er würde diese Lücke füllen. Der Neuankömmling schrieb ins Register: »Walter Fairtales, Kaufmann. Aus London.«
»Der Herr hat kein Gepäck?«
»Meine Koffer sind im Zug geblieben.«
»Die kann man wiederbekommen.«
»Wollen Sie sich darum kümmern? Vom Bahnhofsvorstand telegraphieren lassen, daß man sie mir hierher schickt?«
Er warf sich in einen Sessel und bestellte einen starken Kaffee.
Dieser Mr. Fairtales war jedoch keineswegs so *absentminded* gewesen, sein Gepäck im Abteil liegen zu lassen. Ihm war Schlimmeres passiert. Er war in Göschenen ausgestiegen, um etwas zu sich zu nehmen und Zeitungen zu kaufen, und hatte sich verspätet. Doch nicht so, daß er den Zug ganz versäumt hätte. Er konnte ihn im Laufschritt noch erreichen und sich an den Türgriff des letzten Waggons klammern.

Auf dem Trittbrett stehend, hatte er versucht, die Tür zu öffnen, bis er mit Entsetzen feststellte, daß es sich bei dem verschlossenen Waggon um einen leeren Gepäckwagen handelte. Unnütz, sich die Fäuste daran wundzuhämmern. Jetzt konnte er sich nur damit abfinden, mindestens eine Stunde lang in dieser Stellung zu verharren, denn der Zug hielt erst wieder in Erstfeld, oder er mußte möglichst rasch abspringen. Er entschied sich für die zweite Lösung, in der Voraussicht, daß ein solcher Sprung für einen schlanken und sportlichen Dreiunddreißigjährigen kein Selbstmord sein mußte. Im übrigen fiel er in weiches Gras. Die Schäden beschränkten sich auf ein paar Kratzer und einen verstauchten Fuß.

In kleinen Etappen erreichte er sein Zimmer im zweiten Stock, und als es Zeit dafür war, ließ er sich das Abendessen ans Bett servieren. Am nächsten Morgen funktionierte sein Fuß schon wieder besser, und als er aus dem Zimmer trat, erwarteten ihn vor der Tür seine Koffer. O unvergleichliche Schweiz! Und nur ein Franken fünfzig Bahngebühr!

Um zehn Uhr morgens ist das Vestibül des Adlers menschenleer.

Fairtales ließ sich den Fahrplan geben und ersah daraus, daß er mit dem gleichen Zug um 15 Uhr weiterfahren konnte, von dem er gestern so unselig abgesprungen war. Im übrigen hatte er keine Eile, er war in Ferien, und sein Gretchen (Margaretha Löwenthal, Bayerin, Bankangestellte, achtundzwanzig und die kleine Freundin vom Dienst) würde erst am Donnerstag nach Küßnacht am Vierwaldstätter-See kommen.

Um sich die Zeit zu vertreiben, fing er an, das Gästeregister durchzublätter. Deutsche, Österreicher, Franzosen. Vier Italiener. Die Herren Vigliotti, Brighenti, Gherardini, Moriana. Eine Italienerin. Clara Mansolin aus Padua.

Clara?

Unnütz, auf eine bloße Namensgleichheit zu hoffen. Hier sollte er also nach zwei Jahren jenes einzige weibliche Wesen wiedersehen, das es ihm süß und erstrebenswert hatte erscheinen lassen, der Freiheit einen Tritt zu geben. Er hatte Clara bei einem Ausflug nach Padua auf der Straße kennengelernt. Damals wohnte er im Veneto. Liebe auf den ersten Blick – für ihn. Sie antwortete ihm über den Advokaten, einen Commendatore soundso – den einzigen gemeinsamen Bekannten, den einzigen möglichen Boten – mit einem klaren Nein. Es wurde behauptet, sie sei einem gewissen Gigi versprochen, aus der Familie Chièrego, deren Name im Veneto als Synonym für Millionen gilt: riesiger Grundbesitz; dabei war sie auch selbst reich! Fairtales hatte sich nicht geschlagen gegeben. Er hatte ihr weiter geschrieben, war ihr nachgelaufen, bis er eines Tages in einer Konditorei mit Anmut und Entschiedenheit auf seinen Platz verwiesen wurde: »Haben Sie die Güte, mein Herr, sich nicht mehr um mich zu kümmern.« Blitzschläge, die nicht töten, hinterlassen auch keine Spuren, heißt es. Doch das stimmt nicht. Fairtales hatte sich noch sechs Monate lang seine Brandwunden geleckt.

Clara in Person. Ein bißchen voller geworden, immer noch mit diesen schönen, kurzsichtigen Kinderaugen, mit diesem ungewöhnlichen aschblonden Haar. Sie saß im Speisesaal, drei Meter von ihm entfernt (natürlich ohne ihn zu erkennen), aß und plauderte mit einer Dame helvetischen Kalibers, die sie bei sich hatte. Einer Anstandsdame.

Eine Gruppe von vier Herren trat ein, sichtlich Italiener, und der letzte von ihnen blieb stehen, um Clara zu begrüßen: ein gutaussehender jüngerer Herr, ungemein korrekt, wenn nicht gar steif. Ganz das Gegenteil von einem Gigi Chièrego. Er wechselte leise ein paar Worte mit Clara, und Fairtales taxierte die beiden sofort: Verlobte kurz vor der Heirat. Geldheirat.

Die Art, wie sie miteinander umgingen, hatte etwas Konventionelles, sogar etwas leicht Gereiztes an sich. Nichts, was dem hochgestimmten Komplizentum von Verliebten geglichen hätte. »Guten Appetit, mein Lieber«, hatte sie ihn begrüßt. Weder poetisch noch leidenschaftlich. Schließlich hatte sich der überkorrekte Herr, der am Stock ging, am anderen Ende des Saals an dem Tisch niedergelassen, an dem bereits seine Freunde saßen.

Einer von diesen mußte im Rang deutlich höher stehen als die anderen, die ihn mit Ehrerbietung behandelten; »Signor X« nannte ihn Fairtales. Kaum war das Essen zu Ende, stand Signor X auf und begab sich mit Zigarre und einem Glas Portwein in der Linken in das angrenzende Rauchzimmer. Er war nicht mehr jung, doch er bewegte sich mit munterem, sicherem Schritt; sein Gesicht zeigte einen Ausdruck, der Fairtales' Interesse weckte: heiter und doch ein bißchen nachdenklich, wie jemand, der bei einem plötzlichen Gedanken lächeln muß. Bei Tisch hatte Signor X den Mund nur zum Essen aufgemacht, zu einem hastigen Essen; kein einziger Satz an die drei Tischgenossen. Ein schweigsamer und zerstreuter Mensch, in Erwartung von etwas Angenehmem oder in Erinnerung daran.
Einige Minuten später standen die Mansolin und ihre Begleiterin auf. Fairtales trank noch einen Schluck Wein, zündete sich eine Zigarette an und ging dann ebenfalls nach nebenan, wo auch noch andere Leute waren, fast alles Deutsche oder Schweizer. Die Anstandsdame saß gequält auf einem Sofa und blätterte in Zeitschriften. Signor X lehnte mit dem Rücken am Kamin und rauchte. Vor ihm in einem Sessel Clara mit übergeschlagenen Beinen; die Augen fest auf ihn gerichtet.

In einer Aufwallung unzeitgemäßer Eifersucht ging Fairtales ins Vestibül zurück und überlegte. Er fragte sich, wieso vier Männer (wohlgemerkt: Italiener!) ohne Frauen auf Reisen oder in Ferien sein sollten. Gut, einer hatte seine Braut dabei, die aber am anderen Saalende an einem eigenen Tisch sitzen mußte. Zweitens: Was mochte diese drei Männer dazu bewegen, Ferien mit ihrem Prinzipal zu machen und ihm zu Diensten zu stehen? Drittens: Warum hatte es dieser Prinzipal nötig, sich in seinen Ferien gleich von drei seiner Untergebenen assistieren zu lassen? – Daß außerdem die Braut des einen von ihnen mit ihm flirtete – nun, daran war nichts Besonderes. So was kommt immer wieder und überall vor.
Die Namen hatte er noch im Kopf: Vigliotti, Brighenti, Gherardini usw. Er wußte nicht, wie er sie auf die betref-

fenden Träger verteilen sollte. Das gelang ihm erst später (und auch nur bis zu einem gewissen Grad) mit einem der vier. Er war auf den Vorplatz hinausgegangen, um etwas Luft zu schnappen. Vor ihm gingen, ins Gespräch vertieft, der älteste der Italiener, der mit dem grauen Spitzbart, und der Glatzköpfige mit dem Bauch, dem Akzent nach ein Florentiner. Der erste sagte laut: »Bitte, Gherardesca, erklären Sie mir, was es mit dieser Hypothek auf sich hat.« Und einen Augenblick später, unbefriedigt: »Nein, Gherardesca, das sind ...«
Sieh mal an, dachte Fairtales, der ein scharfsinniger Mensch zu sein schien, ganz abgesehen davon, daß er ein guter Kenner Italiens und italienischen Lebens sein mußte: Da haben wir einen Gherardini, der im vertrauten Kreis zu einem Gherardesca wird.
So landläufig der Familienname Gherardini klang, so berühmt war, das wußte Fairtales, der Name Gherardesca in Italien. Und nicht nur für die Dantekenner; auch für die Anhänger der Galopprennen, zu denen er, Fairtales, selbst zählte. Gherardesca, oder besser Della Gherardesca, Conte Brando, war auf dem Gebiet des Pferdesports eine Autorität; seit Jahren hatte er den Vorsitz des Vereins zur Förderung der Pferdezucht, der *Associazione per l'incremento della razza equina*, , abgekürzt A.I.R.E., inne, der sämtliche Hippodrome der Halbinsel unterstanden. Fairtales kannte ihn zwar nicht persönlich, aber sehr gut dem Rufe nach
Er beschloß, der Sache nachzugehen, und hatte Glück. Am nächsten Morgen, als er aus dem Fenster schaute, sah er unter sich eben jenen Herrn auf der Terasse Kaffee trinken, einen Stoß Zeitschriften vor sich auf dem Tischchen: das Vereinsblatt der A.I.R.E., das Fairtales genau kannte, da er es als Mitglied ebenfalls abonniert hatte. Ein Punkt für Gherardesca und gegen Gherardini.
Er konnte ja eine Gegenprobe machen. Aus seiner Brieftasche kramte er die A.I.R.E.-Mitgliedskarte heraus mit der faksimilierten Unterschrift des Präsidenten. Dann ging er hinunter, öffnete das Gästeregister und verglich: Anstelle von »Brando« ein harmloses »Bernardo«. Und doch glichen sich die beiden Schriftzüge, ja es waren die

gleichen. Auch beim ersten Teil des Nachnamens »Gherard«: das gleiche G in Blockschrift, dem ein waagerechtes Gekritzel folgte. Auf der Mitgliedskarte reduzierte sich das »esca« am Schluß zu einem summarischen Schnörkel, dagegen war im Register das »ini« mit Präzision und Entschlossenheit ausgeschrieben. Also gekünstelt, beabsichtigt.
Zum Teufel, es mußte doch möglich sein, einen eindeutigen Beweis zu erhalten!
Gegen Mittag verbarg sich Fairtales in einer Ecke des Vestibüls und wartete darauf, daß die Gäste ins Hotel zurückkamen. Da war sein Mann. Er merkte sich, wo dieser Spazierstock und Hut ablegte. Nachdem es zum zweitenmal zum Essen geläutet hatte und Personal wie Gäste im Speisesaal waren, bemächtigte er sich des Hutes und untersuchte ihn von innen. Wie er vermutet hatte, standen auf dem Schweißlederband die drei Initialen »B. D. G.«

Daß sich Brando Della Gherardesca, wenn er zu seinem Vergnügen ins Ausland reiste (in ein Land, in dem man keine Pässe verlangte), einen Spaß daraus machte, seinen Namen zu ändern – warum nicht, daran war nichts Ungewöhnliches. Nur daß sich Gherardesca nicht allein im Ausland befand, sondern mit einer Gruppe von fünf oder sechs Personen, die tatsächlich nötig waren oder die nur als Tarnung dienen sollten? Ein gemeinsamer Scherz? – Fairtales dachte beim Essen lange darüber nach. Und er kam zu dem Schluß, daß dies nicht wahrscheinlich sei. Diese Gemeinsamkeit kam eher einer Mittäterschaft gleich.
Ein großes Schmuggelgeschäft? Nein, sicher nicht; unmöglich.
Spionage? Auch nicht. »B. G. D.« war eine zu bekannte Persönlichkeit. Dann also hohe Politik, internationale Politik. Sollte er hier in der Schweiz, auf neutralem Boden, in Sondermission mit einem ausländischen Minister, einem Gesandten zu geheimen Verhandlungen zusammentreffen? Das schon eher. Aber hatte man je gehört, daß »B. D. G.« sich mit Politik befaßte? Und das erklärte auch noch nicht seine ostentative Ehrerbietung gegenüber die-

sem Signor X oder Herrn Moriana (dem »Conte«, wie ihn alle nannten). Nur eine Finte, um zu täuschen, abzulenken? Seltsam, dieser Signor X sah nicht so aus, als sei er nur ein Strohmann. Wenn es eine Mission gab, dann war er der Chef.
Jetzt hatte sich Fairtales festgebissen. Nach dem Kaffee ging er zum Telegraphenbüro, um ein Telegramm an einen Freund, einen Journalisten in Rom, aufzugeben. Er bat ihn darin, ihm auf dem gleichen Wege alles mitzuteilen, was er über die »gegenwärtige Stellung« des Conte Della Gherardesca, Präsident der A.I.R.E., in Erfahrung bringen könne. – Er telegraphierte auch an Margaretha. »Halte mich aus Arbeitsgründen noch in Göschenen auf. Brief und Küsse folgen.« Zurück im Adler, teilte er dem Portier mit, daß er noch drei Tage bleibe.
Hier wird es unerläßlich, eine Erklärung abzugeben, vielmehr ein anderes Geheimnis aufzudecken, das eben jenen Mr. Fairtales betraf, der in der geheimen touristisch-höfischen Angelegenheit, deren Zeuge er in diesen ersten Septembertagen des Jahres 1889 wurde, die soliden (und bereits vom Kriegsruhm des Feldmarschall Suwarow gestreiften) Mauern des Gasthofs Adler bestürmte. Denn er, Fairtales, war gleichermaßen eine zwielichtige Person mit nicht ganz reiner Weste. Zuallererst: Er hieß keineswegs »Fairtales«; das war lediglich ein Pseudonym, das ihm ein paarmal dazu gedient hatte, einige kleinere literarische Arbeiten anzubieten, für die sein echter Name, Walter Schiapin, nicht schön genug geklungen hätte. Außerdem war seine Heimat nicht die Weltstadt London, sondern viel bescheidener das Städchen Thiene in der Provinz Vicenza. Italiener also, jedenfalls zur Hälfte; seine Mutter war eine echte Engländerin gewesen (und ihr verdankte er auch die Beherrschung dieser Sprache und seinen zähen empirischen Charakter). *Last but not least* hatte er nichts mit Handel zu tun. Er war Journalist. Und als Journalist hatte er sogar rasch Karriere gemacht: Seit ein paar Monaten leitete er die Auslandsredaktion einer politisch radikalen Zeitung in Rom.
Also auch er verkleidet, jedoch aus einer bloßen Laune heraus, als Reaktion auf den Sturz vom Zug – oder um sich

an dem mißtrauischen Portier zu rächen. Oder aber, wer weiß, vielleicht auch aus jenem sechsten Sinn heraus, den Vollblutjournalisten wie Schiapin manchmal in einem begnadeten Moment zu besitzen scheinen.
Walter Schiapin wollte sich nun also ein paar Tage Erholung gönnen, bis der Kollege aus Rom ihm geantwortet hatte. Er legte Gherardesca-Gherardini ad acta, und es gelang ihm auch, nicht über das Unvermeidliche hinaus an die undankbare Mansolin zu denken. Zum Laufen hatte er noch keine Lust, doch er bestellte ein Maultier, und als man ihm statt dessen ein passables, vorschriftsmäßig gesatteltes kleines Pferd brachte, ritt er damit zweimal aus. Beim zweitenmal schlug er die große Fahrstraße in Talrichtung ein, und hinterm Dorf ließ er es geschehen, daß das Tier selbständig in einen Pfad einbog, der durch den Wald hinunterführte.
Sein Pferd war kein Renner, aber im schwierigen Gelände kühn und trittsicher wie eine Ziege; in zwanzig Minuten kamen sie auf dem steilen Abkürzungsweg nach Wassen. Nicht direkt ins Dorf: Sie hielten in der Nähe eines großen Holzhauses, das erst vor kurzem erbaut worden und sehr gut instand gehalten zu sein schien. Schiapin hielt es für ein Hotel. Er stieg ab und suchte nach jemandem, der ihm den Weg zur Fahrstraße weisen könnte. Das Glück war auf seiner Seite. Aus einem Föhrendickicht trat eine, noch dazu sehr hübsche Dame in Hosen und Gamaschen. »Nein, das ist kein Hotel, sondern Privatbesitz der Frau von Goltz, aber Sie haben die Erlaubnis durchzureiten. Halten Sie sich links, dann kommen Sie direkt auf die Straße.«
Interessant. Um sich ein noch deutlicheres Bild über die Qualitäten der Frau von Goltz (die als solche zu identifizieren nicht schwierig war) zu machen, wechselte Schiapin vom Deutschen zum Englischen über: Ob sie die Güte haben wollte, ihn durch ihr Grundstück zu führen?
»To my regret, I cannot, right now. I'm busy here.«
Und sie verschwand wieder zwischen den Bäumen.
Beste englische Aussprache, also eine Dame der internationalen Gesellschaft. Eine reiche Frau. Und eine unge-

wöhnliche Persönlichkeit, davon zeugte schon die Einsamkeit, in der sich ihre prächtige Alpenresidenz erhob.
Nase? Sechster Sinn? Schiapin dachte sich, daß Frau von Goltz sicher von dem geheimnisvollen Aufenthalt der Italiener in Göschenen wisse. Es fehlte ihm dafür nur der Beweis – aber den sollte er noch am gleichen Nachmittag bekommen.
Vom Beobachtungsstand an seinem Zimmerfenster sah er, wie gegen vier Uhr eine herrschaftliche Kutsche vor dem Eingang zum Adler hielt. Der Kutscher fragte ziemlich hörbar, ob »der Herr Vigliotti« im Haus sei. Einen Augenblick später kam der Herr Vigliotti (das war also der Verlobte von Clara) herunter. Er nahm einen Umschlag, den der Kutscher ihm reichte, warf einen Blick darauf und sagte: »Ich werde ihn weiterleiten.«
So schnell es ihm möglich war, rannte Schiapin hinunter, gerade rechtzeitig, um die Kutsche, die auf dem Vorplatz gewendet hatte, noch zu sehen. Er folgte ihr. Der Wagen hielt vor der Bierstube: Der Kutscher hatte Durst. Schiapin streichelte mit Augen und Händen die Pferde, die es wert waren, und als der Kutscher zurückkam, beglückwünschte er ihn.
»Ungarn, nicht wahr? Und sehr gut gehalten. Bravo!«
Der Mann schien dafür nicht unempfänglich, und Schiapin, seiner Sache sicher, entfaltete sein bestes Deutsch:
»Ja, Frau von Goltz versteht sich darauf, das Richtige auszuwählen – bei den Pferden wie beim Personal.«
»Das stimmt. Sie ist einmalig im ganzen Kanton.«
So hatte seine journalistische Neugier zwei Erkenntnisse gewonnen: die Anwesenheit einer schönen Frau in der unmittelbaren Nähe von Göschenen, einer Millionärin mit kosmopolitischem Lebensstil; und die Tatsache, daß diese schöne Frau eilige, vertrauliche Botschaften an einen der vier Italiener zu senden hatte. Mit aller Wahrscheinlichkeit an den Signor X.
Blieb als kleineres Rätsel Bernardo Gherardini, zu dem sich Della Gherardesca degradiert hatte, um dem angeblichen Conte di Moriana behilflich zu sein (auf welche Weise? aus welchem Grund?). Abgesehen davon, war die

Schlußfolgerung ziemlich trivial. Enttäuschend. Das übliche »*Cherchez la femme*«.

Am nächsten Morgen wurde Schiapin um acht Uhr geweckt. Die Informationen aus Rom. Kurz, aber ausreichend. »Gherardesca gegenwärtig noch Präsident der genannten Vereinigung, wird aber bald zurücktreten wegen neuer Aufgaben, seit vergangenem Dezember Mitglied des Königlichen Hauses. Im Augenblick von Rom wie von Monza abwesend. Viel Glück...«

Die erste Idee, die ihm kam, war nicht sonderlich aufregend. Della Gherardesca erhob sich über jeden Verdacht, er war zum Vorhimmel des Königtums aufgestiegen. Das konnte verschiedene Annahmen rechtfertigen: Er war in Ferien, zusammen mit zwei anderen Hofbeamten und einem »hohen Tier«, dem Signor X, möglicherweise der Minister des Königlichen Hauses oder jemand dieser Rangstufe.

Es schien ein strahlender Tag zu werden. Schiapin kleidete sich an und öffnete das Fenster. Drei Meter unter sich sah er auf der Terrasse den genannten Signor X, die Kaffeetasse in der Hand, stehend, mit dem Rücken zum Panorama. Zufrieden und huldvoll. Er schien sich sehr wohl zu fühlen in seinem Anzug aus weißem Panamaleinen. Nicht weit von ihm begann eine ausländische Dame ihre morgendliche Alpenanbetung. Sie hantierte an dem großen Fernrohr des Hotels herum, um es auf die strahlenden Geheimnisse des Dammafirns zu richten. Signor X trat zu ihr und reichte ihr seinen Feldstecher.

»Nehmen Sie das hier«, sagte er auf französisch. »Es ist ein Zeiss-Fernglas, ein gutes Instrument.«

In einem völlig mechanischen Impuls zog Schiapin seine Brieftasche heraus, entnahm ihr einen Zwanziglireschein und verglich.

Die »Entdeckung«, das Erkennen ging weniger auf eine sichtbare Entsprechung als auf Überlegung zurück, denn zwischen dem Porträt auf dem Geldschein und dem Original unten auf der Terasse bestand keinerlei Beziehung; die Person auf dem Porträt war erhaben und mürrisch; die personifizierte Wirklichkeit nichts als ein stattlicher, gutgekleideter Großbürger – zufrieden, den Morgen an einem so schönen Ort genießen zu können, weit vom Schuß.

Aber ganz abgesehen vom Porträt, das Individuum ähnelte sich in diesem Augenblick tatsächlich nicht. Es war ein mäßiger Doppelgänger seiner selbst. Zu geschniegelt und gebräunt, verjüngt, mit neuem Elan. Selbst seine eigene Familie hätte ihn nicht sofort wiedererkannt. Was Schiapin betraf, der mit seinem Zwanziglireschein aufrecht am Fenster stand, so war der Gedanke, der sich ihm aufdrängte, leicht betrübt: »Man stellt ihn sich bedeutender vor.«

Signor X verließ die Terrasse. Natürlich, er war nicht unbeschäftigt, wenn er auf die dringenden Botschaften dieser Frau von Goltz antworten wollte – und auf die bittenden Blicke der kleinen Clara. Schiapin begegnete ihm, er streifte ihn sogar auf dem Weg zum Speisesaal, nach dem zweiten Läuten. Ohne jede Empfindung.

Dabei fühlte er sich nicht als Anhänger der Republik, keineswegs. Die Monarchie, argumentierte er, ist eine so instabile Staatsform, daß ihre Gegenposition zwangsläufig genauso irrelevant und äußerlich sein muß. Er war der Ansicht (wie gesagt, der englische Teil seines Blutes ließ ihn zur Empirie neigen), daß die Lottobuden und die Gerichte, die Universitäten und die Salz- und Tabakläden, die Gefängnisse und die Kasernen, die Kürassiere des Quirinals und die Steuereinnehmer von Vicenza, die Banditen aus Süditalien und die Beamten des Rechnungshofes genau die gleichen blieben, auch wenn die Krone an der Staatsspitze durch die phrygische Mütze ersetzt würde. Und natürlich würden sich auch die zu Bürgern gewordenen Untertanen gleichbleiben. Aber wenn Schiapin wenig von einer Republik hielt, so hielt er mindestens ebensowenig von einem König. Der Herr, den er von seinem Tisch aus beim Kampf mit einer Portion Bündnerfleisch beobachtete, weckte in ihm weder Glut noch Wut. Für ihn war es eine Gestalt außerhalb der Realität, unfähig zu schaden oder zu nützen, neutral und farblos wie das Wasserzeichen auf den Urkunden.

Aber Schiapin war Journalist, und von der Seite her hatte

die Sache einen Wert. Diese Begegnung gab eine Riesenstory. Das war *die* Nachricht!
Er vergaß seine Ex-Clara, die sich jenseits einer gläsernen Trennwand geschickt zwischen ihrem zukünftigen Gatten und Seiner Italienischen Majestät teilte, und machte sich daran, hier im Lesesaal, wohin er sich den *Café crème* hatte servieren lassen, seine Reportage zu Papier zu bringen. Der Vorspann kostete ihn wenig Mühe. »Dank vertraulicher, ja bevorzugter Informationen, die uns exklusiv erreicht haben, gelang es uns, eine allerhöchste Persönlichkeit in ihrem unerreichbar erscheinenden Schweizer Zufluchtsort aufzustöbern. Wir haben es gewagt, ein wirklich bombenfestes Inkognito zu lüften ...« – Das Weitere würde nicht mehr als dreißig Druckzeilen in Anspruch nehmen: Er beschrieb den Ort, ohne ihn zu nennen, erzählte von der Frau von Goltz, ebenfalls ohne Namen, und erwähnte die »vielversprechende Freundschaft«, die sie mit dem »erlauchten Touristen« verband. Dagegen vermerkte er mit keinem Wort die Anwesenheit (und die Initiativen) von Fräulein Mansolin.
Noch ein paar technische Anweisungen an die Redaktion: Titel über zwei Spalten, »angemessener« Schriftgrad, auf der zweiten Seite placieren, nicht zu groß herausbringen und eventuell hinzufügen: »Wir versprechen, nach Möglichkeit weitere Nachrichten zu liefern und diese unsere *besonderen Enthüllungen* zu belegen.« Unterzeichnen mit »W. S.«

Als »W. S.« den kleinen Salon verließ, um zum Telegraphenbüro zu gehen, war es 14 Uhr. Die Mansolin hatte (sicher auf eine ihrer würdigen Weise) den zukünftigen Gatten entfernt und ergötzte sich damit, die zerfurchte Stirn des Signor X zu betrachten, der völlig in die drückendste seiner Tätigkeiten versunken war: die Patience. Die Anstandsdame (Frau Schwartz) begünstigte das Ganze von einem fernen Sessel aus, strickend.
Mit einem etwas bitteren Geschmack im Mund ging Schiapin durchs Dorf, im Widerschein der Gletscher, die heute von den schwarzen Dächern der Häuser zu explodieren schienen. Seinen Artikel mußte er als normale Depesche

durchgeben, da man in Göschenen noch nie etwas von einem Pressetelegramm gehört hatte. Er hatte jedoch unrecht, sich die Laune verderben zu lassen. Auf dem Rückweg entdeckte er an der Straßenecke vor dem Bahnhof ein hübsches Mädchen, im Reisekleid, üppig, mit kupferfarbenem Haar, ein Köfferchen in der Hand und den Staubmantel überm Arm. Nachdem sie den Koffer hingestellt hatte, hielt sie den Fächer schützend vor die Augen. Margaretha? Aber nein! Doch, sie war's! Die Ungeduldige. Üppig und oft stürmisch.

Schiapin hatte schon seit einer Weile aufgehört, sich über weibliche Hellsichtigkeit zu wundern. Er bediente sich der probaten Methode, Margaretha den Wind aus den Segeln zu nehmen:

»Also, meine Liebe, sie ist blond und einundzwanzig.«

»Oh! Und ich habe sie mir braun vorgestellt.«

»Jedenfalls wirst du mir jetzt wohl die Augen auskratzen?«

»Oder etwas anderes. Gibt es in deinem Hotel ein Zimmer für mich? Ich will mir diese Blonde mal anschauen.«

»Zuerst möchte ich dir mitteilen, daß ich meine Zeit nicht mit der Blonden vertan habe. Bitte, hier ist der Beweis, daß ich zum Arbeiten dageblieben bin. Die Quittung für das Telegramm. Ich habe eine Nachricht an die Zeitung durchgegeben.«

»Und dazu hast du drei Tage bleiben müssen?«

»Das hab' ich. Ich habe die berühmte Seeschlange aufgefischt. Noch dazu eine echte.«

»Was? Eine Schlange?«

»Ich meine, ich habe eine sensationelle Neuigkeit. Über eine sehr bedeutende Person.«

»Den Tenor Tamagno?«

»Nein. Und auch nicht über Thomas Edison. Viel höher. Eine Schlange mit einer Krone auf dem Haupt. Ich werde dir das noch erzählen.«

Vor dem Hotel wurde Margaretha unsicher. Sie wies auf Herrn Wüntz.

»Wer ist denn das?«

»Der Besitzer.«

»Nein, der paßt nicht zu uns. Siehst du nicht, wie er uns

mustert? Der ist ja noch schlimmer als der Direktor meiner Bank. Macht es dir was aus, wenn wir gleich weiterfahren? Dann sind wir heute abend in Küßnacht.«
»Einen Teil des Küssens könnten wir gleich hier erledigen.«
»Du gibst mir eine Akontozahlung darauf im Zug, wenn wir allein sind. Ich freu mich schon.«
Mochten die Zugcoupés jener Zeit auch für Leute, die an Klaustrophobie litten, sehr unangenehm sein, so boten sie Verliebten doch gewisse Vorteile.

VIII

Die Lithographie hing neben dem Bett, und nach dem Mittagsschlaf betrachtete sie der Conte, das Handtuch über der Schulter: 5 Jahre, 10, 15, 20, 25, 30 Jahre: so weit steigt es an, und mit 35 ist man in der Mitte, auf dem Gipfel. Der erste Abstieg erfolgt mit 40 Jahren, mit 45 schon ein kräftiger Schritt, und danach geht es rapide abwärts. Zumindest nach den »Stufenaltern des Mannes«, einem volkstümlichen Druck, dem man vom Gotthard bis zum Baltikum überall begegnete.

Zu jeder Stufe, das heißt jedem Lebensalter, ein Text, der mit fortschreitenden Jahren immer spöttischer wurde. Die letzten waren ganz verheerend. Für den kraftlosen, fettleibigen, bebrillten und ergrauten Fünfundvierzigjährigen, der mit einer Flasche unterm Arm dargestellt war, lautete der Spottvers:

Die Säfte steigen nicht mehr so
Und selbst die Liebe macht nicht froh
Kein Glück bei Frau'n, ob groß, ob klein,
Da bleibt als Trost – nur noch der Wein.

Der Conte war zwar nicht in der Lage, das genau zu übersetzen, aber diese volkstümlich-lebensnahe Kunst kam auch ohne Worte aus. Er betrachtete den Druck mit ebenso volkstümlichem Ärger. Dann wandte er sich an Mancuso:

»Hör mal: Nimm das Bild da und trag es weg.«

»Wohin?«

»Wohin du willst. Bring es dem Hotelbesitzer oder wirf es in den Fluß. «

Mancuso nahm das »Bild« von der Wand.

»Signor Conte, mich schickt der Signor Della Ghera...«

»Pst!«

»Der Signor Gherardini. Er möchte empfangen werden.«

»Er soll mich am Kiosk erwarten.«

Alle drei – der Conte, Gherardesca und Brighenti – hatten ihren Lieblingsplatz, wenn sie einen Kaffee oder etwas anderes trinken wollten. Gherardesca das Hôtel des Alpes, ein kleines Gasthaus am Dorfausgang, Brighenti, der Deutsch konnte, die Bierstube, wo er sich mit den einheimischen Stammgästen unterhielt, und der Conte den Kiosk auf der Mitte der Lärchenallee, oberhalb des Flusses.

In der Angelegenheit Visè habe sich eine Schwierigkeit ergeben, berichtete Gherardesca, der sich nach zweitägigem Zaudern und einer Beratung mit Brighenti endlich zu reden entschlossen hatte. Die Verwaltung, die erst im nachhinein von dem Verkauf in Kenntnis gesetzt worden war, hatte wissen lassen, daß das Schloß und der dazugehörige Grundbesitz mit einer Hypothek belastet seien. Von 150 Tausend. Und zwar bereits seit fünf oder sechs Jahren.

Den Conte schien das nicht allzusehr zu beeindrucken.

»Und wer hat die eintragen lassen?«

»Das müssen Sie selbst gewesen sein, Signor Conte. Das kann nur der Eigentümer.«

»Ich? Da ist mir nichts bekannt. Und ich habe ein eisernes Gedächtnis, wissen Sie. Und was bedeutet diese Hypothek?«

Ganz klar, sie mußte entweder sofort getilgt werden oder man mußte den Käufer informieren, damit er sie übernimmt, natürlich gegen entsprechende Reduzierung der vereinbarten Kaufsumme.

»Und was machen wir jetzt?«

»Ich würde vorschlagen, Vigliotti zu beauftragen, daß er mit der Dame spricht. Und zwar möglichst bald und ganz offen.«

»Lassen Sie ihn suchen.«

Zu den Tugenden Vigliottis gehörte es, auffindbar zu sein. Zehn Minuten später war er da, schweigend, ernst, elegant. Der Conte erteilte ihm Instruktionen und Anweisungen und verfügte, er solle so rasch wie möglich abfahren. Während er mit ihm sprach, hielt er die Augen auf ihn gerichtet, aber aus diesem Gesicht war nichts zu ersehen. Tat es ihm leid, weg zu müssen, seine Clara zu verlassen? Nichts. Undurchdringlich. Diesen Mann, dachte er, sehe

ich nicht als Kommandanten eines Kreuzers, sondern als guten Diplomaten; ich werde einen Abgeordneten aus ihm machen.
Vigliotti war stehengeblieben.
»Weitere Befehle?«
»Ja, sagen Sie Frau von Goltz, daß ich ihr für die Einladung danke. Wegen des Hirsches. Bevor ich abfahre, werde ich ihm den Garaus machen.«
Und ihr dazu, dachte er bei sich. Um fünf Uhr befand sich Vigliotti bereits auf dem Weg nach Wassen.

Lesezimmer im Adler. Nach dem Abendessen. (Keiner der Gäste hat die Abreise dieses mageren, quirligen Engländers, Mr. Fairtales, bemerkt.)
Der Conte ruht sich im Clubsessel aus, eine entfaltete Zeitung vor sich. Clara kommt herein. Deutet eine Reverenz an. Flüstert:
»Ein Ereignis: Der ›Indische Koffer‹ kommt hier durch!«
»Wo?«
»Um 20.15 Uhr, am Bahnhof. Kommen Sie nicht mit, Signor Conte?«
Sie sei Waise, hatte sie ihm erzählt, und sechs Jahre lang in einem Internat der Grauen Schwestern eingesperrt gewesen. Heute abend sah sie mit ihren blonden, in zwei Flügel geteilten und hinten zu einem Knötchen zusammengebundenen Haaren und mit der kleinen Brille, die an einer Goldkette hing, wie eine entzückende Lehrerin aus.
»Er kommt nur zweimal im Monat hier durch!«
Als er sich aus dem Sessel erhob, entdeckte er in ihrem Ausschnitt den Ansatz der Brüste. Rosig und rund.
»Legen Sie doch die Zeitung weg! Zu was brauchen Sie die, Signor Conte?«
Ja, zu was brauchte er die?
Erst am Bahnhof bemerkte er, daß Frau Schwartz nicht dabei war.
»Ich habe sie heimgeschickt, sie ist die ganze Zeit erkältet. Und jetzt auch noch verliebt! Sie stellen sich ja gar nicht vor, in wen. Richtig verknallt. Die Arme!«
»Ach, lassen wir das.«
Er war immun gegen Klatsch, selbst wenn es sich um die

Prinzessin Bonaparte gehandelt hätte. Das war in Rom wie in Monza bekannt und wurde von Informatoren und Kolporteuren immer wieder mit Tadel und Staunen registriert.
Es fehlte also die Aufsichtsperson, noch dazu hatte Clara eine Decke bei sich. Nicht einen Schal, sondern ein riesiges Reiseplaid, das in keinem Verhältnis zur Temperatur an diesem Abend stand. Ein Ding von der Größe eines Doppelbetts, wenn man es auf einer Wiese ausbreitete. Der Conte sollte etwas später noch darüber nachdenken.
Inzwischen erschien der »Koffer« nach einem lärmenden Vorspiel; das Tal hallte wider von den heraufkeuchenden Lokomotiven. Der berühmte und geheimnisvolle gepanzerte Zug, zwei *Sleepingcars*, zwei Güterwagen mit Wachtposten auf der Plattform; der Zug, der London über Ostende–Basel–Bologna mit Brindisi verband und in dem die Beamten, die Post und die Wertsachen, die für Indien bestimmt waren, reisten. In Brindisi wurden sie von einem superschnellen Dampfer erwartet, der sie mit Volldampf über den Suezkanal nach Indien brachte.
»Stellen Sie sich vor! Von London nachKalkutta brauchen die nur zwölf Tage. Was für Wunder wir doch erleben!«
Frisches Wasser für die Lokomotiven, die, wie der Conte bemerkte, größer waren als die üblichen. Auch die Schweizer Eisenbahnen huldigten der britischen Macht mit den in Gold auf den blauen Waggons leuchtenden Initialen »V. R.« – Victoria Regina. Ein paar Reisende zeigten sich an den erhellten Fenstern. Obwohl sie in Zivil waren, erkannte sie das geübte Auge des Conte sofort als Offiziere. Aber der Aufenthalt war nur ganz kurz. Der Zug setzte sich gleich wieder auf den Tunnel zu in Bewegung, in dem er in wenigen Augenblicken verschwinden sollte.
Oh, und jetzt waren sie also frei. Wohin sollte er sie führen? Man mußte improvisieren. Auf dem Lärchenweg gab es nach dem Kiosk (nicht einmal einen halben Kilometer weit) eine Lichtung auf der Gebirgsseite; die hatte er im Sinn. Das konnte gehen; dort würden sie niemanden treffen.

Und sie ließ sich ganz brav führen. Sie gingen über die Reußbrücke im Staub der Fahrstraße. Dunkelheit, Schweigen. Es galt, am Adler vorbeizukommen, und dort war große Acetylenbeleuchtung.
»Pst, ganz still. Halten Sie sich auf dieser Seite, dicht hinter mir.«

»Folgen Sie meinem Finger, dann können Sie nicht fehlgehen. Die Luft in den Alpen ist klar. Hier sehen Sie: Andromeda, den Schwan. Mehr rechts Lyra mit Wega.«
Das konnte doch nur sein illustrer, vermaledeiter Oberster Sekretär sein. Der auf dem Hotelvorplatz Unterricht in Astronomie erteilte! Der Lehrerin aus Zürich!
Der Conte blieb stehen, hielt Clara mit ausgestrecktem Arm zurück. Aber inzwischen standen sie im vollen Licht der Lampen; und Clara, mit ihrer weißen Bluse, war nur allzu sichtbar.
Mußte der da in seinem verflixten Toskanisch ausgerechnet jetzt die Gestirne erklären?
Der Conte im dunklen Anzug entging ihm, aber Clara wurde sofort entdeckt.
»Kommen Sie her, Signorina! Warum verstecken Sie sich denn so?«
»Idiot!« zischte der Conte.
Nichts zu wollen. Er mußte die Straße überqueren, sich zeigen. Doch Clara rettete die Situation, völlig unbefangen.
»Wir kommen vom Bahnhof. Der ›Indische Koffer‹ ist durchgefahren. Der Signor Conte hat einen englischen Herrn begrüßt. Lord ...«
»Lord Balfour«, fluchte er. Er versuchte sich dadurch zu entschädigen, daß er diese gemeinsame Lüge als Zugeständnis betrachtete – als Unterpfand.
Für den Moment jedoch: Adieu! Clara begab sich sofort nach oben und überließ ihn seinen zornigen Gedanken – und auch den zärtlichen: dieses Plaid, von ihr vorbereitet, und sie selbst, die heute so lieb, so lehrerinnenhaft ausgesehen hatte in ihrer Erwartung und, wer weiß, in ihrer erstmals entflammten Begierde. Gedanken zum Haare ausreißen, um einem den Schlaf zu rauben! Statt dessen

schlief er jedoch ausgezeichnet von elf bis sechs – Verdienst oder Schuld der unseligen 45 Jahre. Um sieben war er draußen und ging bereits spazieren. Den »Stufenaltern des Mannes« zu Trotz barst er geradezu vor Gesundheit in diesem Tal unterm Dammastock.

Aber die Geschäfte? Die Hypothek? Sollte er sich nicht auch selbst darum kümmern? Eine Klientin wie die Goltz verdiente schließlich etwas Aufmerksamkeit. Es würde ja reichen, wenn er ihr einen halben Tag opferte. Am frühen Nachmittag könnte er schon wieder in Göschenen sein. Wenn nichts Unvorhergesehenes passierte, wovon er allein den Hirsch ausschloß: Alte Hirsche abzuknallen, dazu hatte er wirklich keine Lust!

Er sprach mit dem Hotelportier, der ihm den Wagen gab.

Um halb zehn waren sie in Wassen. Genauer gesagt, sie hielten ein Stück weiter oben, und er ging zu Fuß auf einem Weg, der von der großen Straße (an der Abzweigung befand sich ein Wirtshaus) direkt zur Villa Goltz führte; denselben Weg war zwei Tage vorher Mr. Fairtales gegangen. Der Conte hatte dem Kutscher Anweisung gegeben, ihn um drei Uhr dort wieder zu erwarten; sollte er ihn nicht antreffen, könne er allein zurückfahren.

Wieder ein herrlicher Tag, und beim Hinuntergehen hatte er ein Kirchlein vor sich, das in dieser Frühzeit der Eisenbahn den Reisenden aus halb Europa bekannt war. Denn damals war das Reisen im Zug ein Erlebnis, das die Eisenbahnen durch abwechslungsreiche Strecken, zahlreiche Windungen und Auf- und Abstiege noch erhöhten, durch eine phantasievolle Technik, die wie die Oper das Bühnenbild als Selbstzweck zuließ. Hinter dem großen Tunnel senkte sich die Gotthard-Linie in die große, tannengrüne und gletscherumstandene Mulde von Wassen und entfaltete ihre ganze Virtuosität: Die aus dem Gebirge herauskommenden Züge überquerten das Tal auf einem Viadukt und drangen auf der gegenüberliegenden Seite erneut in den Felsen ein; dann kamen sie hundert Meter weiter unten wieder ans Tageslicht und durchquerten erneut das Tal, jetzt in umgekehrter Richtung, weshalb die Passagiere das Kirchlein von Wassen nacheinander einmal rechts und

einmal links sahen, einmal tief unter ihnen und einmal zwischen den Felsen hoch über ihren Köpfen. Doch verstehen wir uns nicht falsch: Der Signore di Moriana hatte anderes im Kopf als dieses Panorama.
Er dachte an die Hypothek. Es konnte ja sein, daß sein Abgesandter schlecht aufgenommen worden war. Daß über Visè, über die ganze Angelegenheit erneut verhandelt werden mußte. Für viele Ausländer ist das einzige italienische Wort, das sie kennen, *imbroglio* – Schwindel: Die Goltz mochte es gesagt haben, und nicht ganz zu Unrecht, denn nichts verpflichtete sie dazu, italienische Rechtsverhältnisse und Haarspaltereien zu kennen.
Im Grunde war ihr etwas verkauft worden, über das der Verkäufer gar nicht ganz verfügte. Abgesehen von der traurigen Figur, die er dabei machte, konnte es auch sein, daß die Goltz ihre Einwilligung zurückzog. Um die Wahrheit zu sagen, hegte der Conte jedoch eine Hoffnung: daß Vigliotti es fertigbringe, ihr die bittere Pille schmackhaft zu machen. Bei einem guten Unterhändler war das nicht unmöglich.

Zumindest dem Anschein nach keine unbegründete Hoffnung.
Plötzlich führte der Weg über einen großen Wiesenhang, der frisch gemäht zwischen Tannen lag; wunderschön. Unten, am Fuße des Abhangs, sah der Conte etwas, das ihn veranlaßte, stehenzubleiben und sich hinter einem Baumstamm zu verstecken. Und sein Fernglas bestätigte ihm, daß er gute Augen hatte. In einer Hängematte zwischen zwei Bäumen lag *sie*: Frederika von Goltz...
Die sich mit nackten Armen herauslehnte und zärtlich einen aufrecht neben ihr stehenden Mann an sich zog. Und ihn küßte, endlos lange küßte. Ein entzückender Anblick, der ungemein beruhigend auf ihn wirkte – gerade was seine Befürchtungen betraf. Denn das Objekt der Goltzschen Zuneigung war Vigliotti: der Unterhändler.
Ein paar Augenblicke lang hielt der Conte das Fernglas auf die Szene gerichtet (die sich nicht veränderte), dann zog er sich zurück. Deckung suchend von Baum zu Baum. Er schlug wieder den Fußweg ein. Da konnte man nur das

Feld räumen; die Rolle des alten Hirschs war auf ihn gefallen.
Am Wirtshaus setzte er sich endlich hin und ruhte sich aus, und da er soviel Zeit hatte, beschloß er, hier zu Mittag zu essen. Er ließ die höflichen Annäherungsversuche eines Schweizer Herrn (Welschschweizer) über sich ergehen, der ihn hatte kommen sehen und anscheinend ein Bedürfnis nach Unterhaltung verspürte. In einem blumigen, volltönenden Italienisch monologisierte der Herr über den unerschöpflichen Zauber der Alpenlandschaft, über die Zukunft des Hotelwesens, der einzigen heimischen Industrie, über diese herrliche Jahreszeit (obgleich es doch die ganze Zeit vorher geregnet hatte!), über die Gotthard-Straße, eine echte Verkehrsader Europas (obgleich innerhalb einer Stunde nur der Postwagen nach Wassen darauf gefahren war!). Er probierte es mit Gesellschaftsklatsch und mit Literatur; versuchte es mit der Politik.
»Sehen Sie, der Nachteil unserer Eidgenossenschaft ist, daß wir keine Politik haben. Keine Internationale Politik.«
Er erzählte, daß er vor ein paar Tagen in seiner Heimatstadt Lausanne einer Sitzung des Kongresses der Republikaner Europas beigewohnt habe.
»Ihr Italiener wart kaum vertreten. Ich habe nur drei oder vier Personen bemerkt, darunter Cavallotti. Mehr nicht. *Quattro gatti* – vier Katzen, würde man auf italienisch sagen. Wieso eigentlich? Hat die Republik bei euch so wenige Anhänger?«
Der Conte schenkte sich und ihm ein zweites Glas Martini ein.
»Vier Katzen, sagen Sie. Aber die reichen, denn die Maus ist vertrottelt. Halb tot.«
»Meinen Sie damit die Monarchie?«
»Genau.«
Sie aßen am selben Tisch, und der gesprächige Schweizer erwies sich als großzügig und wollte unbedingt seinen neuen ausländischen Freund zum Essen einladen.
»Wenn ich nach Italien komme, dann können Sie mich ja zu sich nach Hause einladen.«
»Darauf dürfen Sie zählen.«

Im Adler erwartete ihn niemand. Wenigstens niemand von den Seinen. Dafür erwartete ihn beim Portier ein dicker Umschlag mit der Aufschrift: »Signor Conte di Moriana – Göschenen, Kanton Uri, CH.«
»Das hat ein Herr abgegeben, der mit dem Zug gekommen ist.«
»Von woher?«
»Das weiß ich nicht. Er sprach mit deutschem Akzent; er hat hier gegessen und ist mit dem Zweiuhrzug wieder abgefahren.«
Einem Schnellzug nach Norden.
»Ist Herr Gherardini außer Haus?«
Er war außer Haus.
»Sobald er zurückkommt, schicken Sie ihn bitte auf mein Zimmer.«
Er kam eine Stunde später. Und forderte tapfer die voraussichtlichen Zornesausbrüche des Chefs heraus:
»Es hieß, der Signor Conte würde zum Mittagessen außerhalb sein. Wir haben ein Picknick im Wald veranstaltet.«
»Mit den Damen?«
»Mit Frau Tschudi und der Schwartz. Fräulein Mansolin hat es vorgezogen, im Hotel zu bleiben.«
Das Gesicht des Conte di Moriana hellte sich auf.
»Mein lieber Gherardesca, wenn wir wieder in Monza sind, werden Sie Ihre Ferien bekommen. Hier müssen Sie sich leider damit abfinden, sich als im Dienst zu betrachten. Bitte öffnen Sie diesen Umschlag.«
Das Kuvert enthielt einen weiteren Umschlag mit der gleichen Adresse, doch von anderer Handschrift; und mit Wappen und Siegel, die Gherardesca sofort erkannte. Er öffnete ihn und entnahm ihm den Brief.
»Er ist von Kaiser Wilhelm.«

Der Brief endete mit der Unterschrift »Wilhelm I. R.« und begann mit den Worten »Lieber Vetter« und dem Datum »Friedrichshafen, den 8. September«. Dazwischen lagen gut anderthalb Seiten Text – zwar in sauberer, gleichmäßiger Handschrift, aber diese anderthalb Seiten deutscher Prosa bedeuteten für den Conte und für Gherardesca ein Abenteuer, dem sie sich nicht aussetzen wollten.

Da Vigliotti fehlte, kam nur noch Brighenti in Frage. Er wurde sofort herbeigerufen, und im Zimmer des Conte las der Professore mit der gebührenden Feierlichkeit und Langsamkeit und übersetzte. Vielmehr faßte zusammen.

»Der Kaiser befindet sich am Bodensee, in Friedrichshafen, und er schreibt, daß er dort der Ruhe pflegt. Er schreibt, daß Friedrichshafen nur ein paar Stunden weit entfernt liegt von dem Ort, an dem der Signor Conte weilt. Dann schreibt er, daß er sich immer noch an die sympathischen und gastfreundlichen, oder sagen wir, sympathischen und herzlichen Tage erinnert, bei seinem Besuch in Rom, vor einem Jahr. ›Aufnahme durch König und Volk wirklich unvergeßlich.‹ Und daß er die bestehenden herzlichen Beziehungen vertiefen und verstärken möchte. Die zwischen den beiden Nationen bestehenden. Zwischen den beiden Monarchien und den beiden Völkern. Er schreibt: ›Es würde mich freuen‹ oder genauer: ›Ich würde es im höchsten Grad zu schätzen wissen‹, ›Ich würde es ausgesprochen zu schätzen wissen‹. Oder auch: ›Ich würde es als höchst schätzenswert ansehen‹ ...«

»Vorwärts!«

Brighenti wischte sich Brillengläser und Stirn.

Dann fuhr er fort:

»›Ich würde die Gelegenheit als höchst schätzenswert ansehen für ein unerwartetes Treffen.‹ Unerwartetes. Unvorhergesehenes ...«

»Los, weiter! Was schreibt er? Will er mich sehen? Kommt er her? «

Schon seit einer Weile ging der Conte nervös im Zimmer auf und ab. Plötzlich blieb er vor dem armen Brighenti stehen und funkelte ihn an. Gherardesca dachte: Dieses Bedürfnis, sich mit dem Besuch des mächtigen Alliierten zu brüsten!

»Ja oder nein? Kommen Sie zum Schluß!«

»Es tut mir aufrichtig leid, Signor Conte, aber ich muß mit Nein antworten. Der Kaiser kommt nicht. Irgendwie paßt es ihm nicht. Der Brief endet so: ›Mit achtungsvoller Zuneigung.‹ Verzeihung: ›ehrerbietiger Zuneigung‹. Und mit guten Wünschen für Ihren Aufenthalt in der Schweiz.

Wenn Sie wollen, übersetze ich den Schluß Wort für Wort. ›Mit der Erneuerung meiner Gefühle.‹ Oder besser: ›Mit dem Ausdruck der ...‹«
»Das reicht. Ich hab' schon verstanden«, schnitt ihm der Conte das Wort ab und setzte sich hin.
Eine Pause, voll von verwickelten Überlegungen, während durch die offenen Fenster wie alle Tage der Geruch von brutzelndem Fett aus der Küche heraufstieg.
»Können Sie mir versichern, daß Seine Majestät nicht kommt?«
»Ohne Zweifel. Aus dem Brief ...«
»Gut, ich überlasse Ihnen den Brief und vertraue ihn Ihrer äußersten Diskretion an. Sie bringen ihn mir dann mit einer schriftlichen Übersetzung zurück.«
»Wann, Signor Conte?«
»Ich gebe Ihnen vierundzwanzig Stunden Zeit.«
Als die beiden draußen waren, wog er das Ausmaß der Gefahr ab, der er entgangen war.
Seine zweite Begegnung mit dem jungen Wilhelm lag noch nicht lange zurück – vergangenen Mai in Berlin –, und sie hatte die Abneigung, die er schon 88 in Rom gegen diesen Menschen empfunden hatte, unüberwindlich gemacht. Eine nicht erwiderte Abneigung: Wilhelm fuhr fort, ihm zu schreiben, ihn zu hofieren, ihn in seinen offiziellen Reden zu erwähnen, ihm Zusammenkünfte vorzuschlagen. Er merkte gar nicht, daß er es nur schlimmer machte, je mehr er sich bemühte, ganz abgesehen davon, daß ihm wohl nie der Gedanke kam, der »Vetter« könne ihm den unermüdlichen Enthusiasmus und den missionarischen Eifer, mit denen er sein Herrschertum betrieb, zum Vorwurf machen – ein »Amt«, in dem sich der »Vetter« seinerseits nur mit innerstem Widerwillen und Ärger mühsam durchschlug.
Es gab keine Staatsräson für diese Abneigung (der Conte fühlte sich nicht berufen, die Spitzen der Politik, die »Herrgötter«, wie er sie nannte, dafür zu kritisieren, daß sie für Italien die Allianz mit den Deutschen gewählt hatten). Auch der Altersunterschied hatte damit nichts zu tun (Wilhelm war noch keine dreißig) oder ein grundsätzlicher Unterschied in der Mentalität eines Preußen und

eines mittlerweile italianisierten Piemontesen. Es war eine spontane, leidenschaftliche Antipathie, ohne persönliches Motiv.
Daß Wilhelm darauf verzichtete, ihn zu besuchen, konnte man fast als Wunder bezeichnen. Es gab überhaupt nur eine Person, die an Reisewut dem Kaiser gleichkam, und das war die Herzogin Litta. Der kaiserliche Zug verbrauche jeden Monat die gleiche Menge Kohlen wie die *Deutschland*, der größte Überseedampfer der Hamburg-Amerika-Linie. Das hatte eine Münchener Zeitung geschrieben, und diese Behauptung klang bei aller Übertreibung durchaus plausibel. So gesehen, zeigte Wilhelm ein sehr modernes Temperament und ein ziemlich weibliches dazu: die aufgeregte Rastlosigkeit, das Herumfahren aus bloßer Freude an der Bewegung.
Das hätte ihm gleichgesehen: Hier in die Berge heraufzukommen und für einen oder zwei Tage alles auf den Kopf zu stellen, die Schweizer Neutralität herauszufordern mit seiner Gardetruppe in silberner Rüstung und vergoldeten Helmen, mit seinen Generälen und Ministern, einem Schwung von Dienern im Frack, die vor ihm hergingen, Lakaien, Sekretären und verschiedenen Schleppenträgern. Die Idee war ihm sicher gekommen. Und man konnte nur allen Heiligen danken, daß irgendeine ernsthaftere Verpflichtung oder ein noch verrückterer Plan ihn wieder davon abgebracht hatten.
Allein im Zimmer, zog sich der Conte die Jacke aus und lockerte den Hosengürtel. Sein Gesicht war immer noch finster.
Vor dem Fenster machte er seine 15 Minuten Gymnastik: Rumpfbeugen und Oberkörperkreisen. In Göschenen fehlte ihm das Reiten, und gerade in Göschenen hatte er besondere Gründe, sich in Form fühlen zu wollen, beweglich, straff und flott. Bad und Rasur. Rasur zweimal täglich, ein kleines Geheimnis, das seine Bedeutung hat. Mancuso legte ihm einen dunklen Anzug vor, dunklen Schlips. Ach was, weg damit: sommerlich frische, freundliche Farben. Und dann hinaus, in die freie Natur, zwischen die Lärchen, um zu atmen, zu leben!
Um Clara zu treffen!

Aber Clara war nicht zu finden.
Sie fand sich weder im Dorf, wo er statt dessen die Schwartz mit schwarzem Schleier auf dem Kopf in die Kirche hineingehen sah, noch im Hotel, zumindest nicht in den allgemeinen Räumen. Es war fünf Uhr vorbei; sie konnte in ihrem Zimmer sein. Er erinnerte sich, daß sie selbst es ihm gezeigt hatte. Also ihn einladen wollte. Sollte er hinaufgehen? Es wäre zwar nicht das erste Mal, daß er bei einer Dame an die Zimmertür klopfte. Aber hier waren sie in einem Hotel. Und wenn die Schwartz zurückkäme, wenn irgend jemand vom Personal um die Wege wäre? Wenn die Kleine ihre Meinung geändert hätte? – Die Kleine? Das war eine Frau. Von einundzwanzig Jahren. Und hatte er sie nicht schon geküßt? Im Tunnel? Und hatte sie diesen Kuß vielleicht nicht voll und ganz erwidert?
Sein Verlangen war groß, armer Teufel. Nur noch ein Rest von Selbstbeherrschung, der ihn bremste, und ein letzter Anflug von Klugheit, der ihm eingab, das Fernglas mitzunehmen. Er ging hinauf. Am Anfang des Korridors, in dem die Nummer 13 lag, blieb er stehen, um nach dem Treppensteigen Atem zu schöpfen – und das war ein Glück. Denn in diesem Moment trat Clara in einem Frottee-Bademantel aus ihrem Zimmer, um durch die gegenüberliegende Tür zu gehen. Kurzsichtig, wie sie war, bemerkte sie ihn nicht.
Es war die Tür zum Badezimmer. Er hörte, wie die Wanne vollief, unterschied ein kleines, ebenfalls plätscherndes Geräusch, jedoch anderer Herkunft, das ihn fast verrückt machte. Dann hörte er den Plumps einer Person, die es sich in der Wanne gemütlich macht; Geplätscher. Das Bad dauerte nur kurz, wenige Minuten später trat Clara mit triefender Gummihaube und in einer Wolke von Seifenduft wieder auf den Gang heraus. Ohne Mieder ließ sie den Ansatz eines Bäuchleins erkennen. (Deshalb also wies sie bei Tisch Pommes frites, den Rahm und die Knöpfli zurück.) Doch in jedem Fall sah sie äußerst appetitlich aus. Zu appetitlich.
Ihre Überraschung war echt:
»Oh!« Und sie brauchte einen Moment, um sich zu erholen. »Sind Sie zurück?«
»Ich war nur in Wassen.«

»Für Sie, Signor Conte, scheint Wassen eine große Anziehungskraft zu besitzen.«
Der Appetit machte ihn für gewöhnlich besonders intelligent. Er bemerkte, daß sie nicht gesagt hatte: *auch* für Sie. An Vigliotti dachte sie anscheinend nicht, zumindest im Moment nicht.
»Ich garantiere Ihnen, daß es in der Schweiz für mich nur einen Ort gibt, der mich anzieht, und das ist dieser Korridor.«
»O nein. Das ist nicht möglich.«
»*Vous me connaissez*, Clara ...«
Er streckte eine Hand aus, um ihr den Bademantel über der Brust zu schließen. Sie errötete schamhaft, wissend, daß bei einem Mann bestimmte Gesten genau das Gegenteil von dem bedeuten, was sie vorgeben.
Sie wollte sich jedoch vergewissern, daß der Signore di Moriana nicht völlig den Kopf verloren hatte, etwas, was den Frauen nicht gefällt; ja sie abschreckt.
»Wieso sind Sie eigentlich hier oben?«
»Ich gebe Ihnen die Erlaubnis, mir nicht zu glauben, aber ich bin heraufgekommen, um den Gletscher besser zu sehen. Den Dammafirn.«
»Die beiden Amerikaner, die ihn erklettern?«
»Die beiden Amerikaner.«
Clara schätzte seine Promptheit; sie begriff, daß sie ihm etwas zugestehen mußte und drückte sich ganz fest an ihn – mit der Entschuldigung, auch aus dem Fenster schauen zu wollen.
»Leihen Sie mir Ihr Fernglas?«
»Behalten Sie's. Es gehört Ihnen.«
Damit verließ er sie. Er war so nahe an sie herangekommen, daß er beinahe den Kopf verloren hätte. Aber noch saß er ihm auf den Schultern.
Zwei Stunden später, als er sich zu Tisch begeben wollte, hörte er beim Durchschreiten des Vestibüls (und da waren Leute!) aus dem Nebenzimmer die ersten Takte der Königshymne. Es versetzte ihm einen richtigen Stich. Er schaute in den Raum, und jetzt lächelte er. Er lief zum Klavier und hielt Clara, nicht ganz passend, den Mund zu. Sie spitzte die Lippen, um die gestrengen Finger zu küs-

sen, die ihr Ruhe geboten. Nach dem Abendessen geschah das zweite Wunder an diesem Tag (das erste war das Nichtzustandekommen des kaiserlichen Überfalls gewesen): Er hörte Musik. Das Mädchen bewies Geschick in der Auswahl und war klug genug, das Ganze nicht zu sehr in die Länge zu ziehen. Ein paar Kostproben Liszt und dann sofort Emmanuel Chabrier. Der Conte schien auf den Geschmack gekommen zu sein. Er blätterte, auf ihr Kopfnicken hin, die Noten um und streifte dabei jedesmal ihre Wange. Und für jede umgeblätterte Seite erhielt er einen flüchtigen Kuß auf die Hand.
Das, dachte er bei sich, nennt man im modernen Jargon »Flirten«. Etwas für junges Gemüse. Morgen müssen wir ein bißchen ernster 'rangehen.

Am nächsten Tag befand er sich bereits frühmorgens im Aufbruch zur Jagd. Man zeigte ihm einen Brief der Frau von Goltz, der an Gherardesca gerichtet war. Sie schrieb darin, daß sie mit ihrem Verwalter, Herrn Grüber, »die kleine unvorhergesehene Schwierigkeit« überprüfen müsse, und entschuldigte sich, »daher gezwungen zu sein, Herrn Vigliotti noch dazubehalten«.
Gherardesca brachte vorsichtig seine Hoffnung zum Ausdruck, die Dinge könnten sich doch noch einrenken.
»Aber natürlich«, versicherte ihm der Conte, »werden sich die Dinge einrenken. Passen Sie auf: Alles wird sich zum Besten wenden!«
Gherardesca erzählte es Brighenti und bemerkte dazu:
»Das Hochgebirge scheint bei Leberleiden das Richtige zu sein. Unser Mann ist Optimist geworden.«
»Das ist völlig falsch. Das Hochgebirge bekommt Leberkranken überhaupt nicht. Schreiben Sie das lieber meinem Boldo-Extrakt zu, den ich ihn jeden Abend einnehmen lasse. Und der Faulbaumrinde und den galletreibenden Mitteln.«
Aber ihr Mann war wirklich in grandioser Stimmung. Aufgelegt zu Reminiszenzen aus der Gymnasialzeit (»Rinaldo als Gefangener in Armidas Schloß«). Sogar zu kleinen Streichen.
Er ließ sich im Büro ein Blatt Papier geben. »*Ma petite*«,

schrieb er, »*on te couronne avant de te faire reine.*« Mehr nicht. Auf den Umschlag Vor- und Zuname der Mansolin, und dann in das Fach von Nummer 13 damit. Er ging hinaus, zu den Jägern, die auf dem Vorplatz standen.
Gleich darauf reute es ihn. Er ging wieder hinein, nahm das Briefchen aus dem Fach und zerriß es. Was war nur in ihn gefahren? Billetts solcher Art zu schreiben und ohne Unterschrift! Zum Teufel, das ging zu weit. Im übrigen hätte sie es auch gar nicht geglaubt. Und wenn sie es schon vermutete, »witterte«, dann brauchte er ihr nicht zu schreiben. In diesem Augenblick sah er die Schwartz im Vestibül.
Er rief sie.
»Sagen Sie der Signorina, daß Vigliotti in Wassen bleiben muß. Ich weiß leider nicht, wann er frei sein wird.«
So weit konnte er gehen; das war völlig korrekt, einwandfrei: die bebende Braut davon zu unterrichten, daß Vigliotti in Wassen blieb, um sich mit der Goltz zu einigen (zu ver-einigen!). Rinaldo zu bestrafen, dafür würde er sorgen, um der schönen Betrogenen und auch um seiner selbst willen (schließlich war Vigliotti in sein Jagdrevier eingedrungen). Die persönliche Rechnung ging also auf; jetzt mußte sich nur noch die Angelegenheit Visé regeln (und dazu hing er wiederum von diesem Rinaldo und seinen pflichtvergessenen Unternehmungen ab; ein schönes Durcheinander, zwar auf helvetischem Boden, aber sehr italienisch).
Diese Komplikationen im Kopf, ging er auf die Jagd, die diesmal weder langwierig noch mühsam war. Am Abend zuvor hatte man ganz nah beim Hotel zwei Gemsen entdeckt, einen Bock und eine Geiß, gleich oberhalb des Bahngleises. Eine Folge des schönen Wetters, bei dem die Bergbauern das Gras auf den Alpwiesen gemäht und eingebracht hatten. Den Tieren wurde daher die Weide knapp.
Um halb ein Uhr mittags saßen der Conte und Gherardesca, in Manchesterhosen zwar, aber pünktlich, im Speisesaal. Dabei waren sie erst um acht Uhr aufgebrochen. Von der Schwelle seines Hotels aus bewachte Herr Wüntz befriedigt die Opfer der Jagd, die ausgestreckt ne-

ben dem Eingang lagen: die beiden Gemsen, deren geweiteten Augen noch nicht glasig waren. Sie fragten noch, umsonst: Warum?

»Warum?« sagte er halblaut zu ihr: »Ganz einfach, um heraufzukommen und die Aussicht zu genießen, wie gestern.«
»Und ich soll Sie auf dem Korridor erwarten?«
»Erwarten Sie mich hinter Ihrer Zimmertür. Meinen Schritt kennen Sie doch, oder?«
»Ich werde Sie an Ihrem Atem erkennen.«
»Wenn ich keuche, wie? Um wieviel Uhr geht Frau Schwartz fort?«
»Gegen vier.«
»Ich komme vor fünf.«
»Und bleiben auf dem Korridor?«
»Nein, ich komme herein, wenn es Ihnen lieber ist. Ich komme natürlich herein. Haben Sie nicht gesagt, daß Sie diese Noten von Offenbach nicht finden? Ich kann Ihnen beim Suchen helfen. Wissen Sie, das ist leichte Musik, die liegt mir mehr.«
Während er sich in seinem Zimmer auszog, um ein Mittagsschläfchen zu machen, ging er die üblichen Einwände und die stereotypen Antworten durch: »Mein Herr, Sie rauben mir das Kostbarste, was ich besitze.« Antwort: »Ich werde Sie dafür zu entschädigen wissen.« – »Mein Herr, Sie stürzen mich ins Unglück.« – »Ich werde Sie verteidigen.« – Für eine dritte Art Widerstand hatte ein weit zurückliegender Savoyarde, Prinz Eugen, ein für allemal die Antwort geprägt. »Mein Herr, ich bin die Frau eines Ihrer Offiziere!« – »Gnädigste, ich nehme meinen Offizieren nichts von ihrer Ehre, wenn ich ihre Frauen erprobe. Im Gegenteil, ich erweise ihnen noch Ehre dazu.«
Im übrigen, hatte nicht sein eigener Vater zu Cavour gesagt: »Die Ursprünge der Aristokratie? *Metà saracini, metà quattrini. E tutta quanta, ›cornini‹.*«
Er schlief friedlich ein.
Einer, der um diese Zeit nicht schlief, war Brighenti, ein Stockwerk oberhalb des Conte. Er hatte den Schlüssel in

der Tür zweimal herumgedreht, die kaiserliche Botschaft aus der Nachttischschublade geholt und fing an, sie schriftlich zu übersetzen. Als erstes hielt er es für zweckmäßig, den deutschen Text abzuschreiben, um ihn als historische Kostbarkeit aufzubewahren. Das Übersetzen ging ihm gut von der Hand, zumindest die ersten beiden Drittel des Briefes. Dann geriet er ins Stocken.

Zum Teufel, das war ja entsetzlich! Dieser Satz: Wie hatte er dem Conto doch noch diesen Satz übersetzt? Verdammt noch mal (und Schweißperlen traten ihm auf die Stirn)! Er hatte sich in der Übersetzung vertan. Aber schon völlig vertan. Er las noch einmal und noch einmal. Nichts zu wollen. Er hatte falsch übersetzt.

Er legte das Blatt hin, suchte im Halbdunkel des Zimmers Hut und Stock und stürzte hinaus. Gherardesca habe, sagte ihm der Portier, vor ein paar Minuten das Haus verlassen – als ob er es mit Absicht getan hätte! Und es war unmöglich, ihn ausfindig zu machen. Wo mochte er sich nur versteckt haben?

Da konnte er das ganze Dorf durchkämmen. Gherardesca war in Begleitung von Mancuso seinerseits auf der Suche nach einer Patronentasche, die er am Morgen im Gebüsch oberhalb des Bahnhofs am Schluß der Jagd vergessen hatte. Als die zwei sich endlich trafen, war es schon halb fünf.

»Kommen Sie, kommen Sie«, keuchte Brighenti und packte ihn am Arm.

»Was ist denn los?«

»Er kommt! Ich habe mich geirrt!«

»Wer kommt?«

»Wilhelm! Der Kaiser!«

»Aber Sie haben doch gestern noch gesagt, daß er nicht kommt.«

»Und heute sage ich Ihnen, daß er kommt! Gehen Sie ins Hotel und bringen Sie's ihm bei.«

»Dem Conte? Da gehen Sie nur selbst. Sie haben schließlich dieses Durcheinander angerichtet.«

»Aber , mein Lieber – wer ist denn der Sekretär? Ich bin nur sein Arzt.«

Im Grunde handelte es sich ja um die Überbringung einer

guten Nachricht, und Gherardesca war ein auf vornehme Weise nachgiebiger Charakter.
»Und wann kommt er?«
»Da hat er sich nicht festgelegt. Ich weiß es nicht, vielleicht schon morgen.«
Der Chef war eben dem Bad entstiegen und kleidete sich an; Mancuso bereitete die Rasur vor (zweimal täglich, ein kleines Detail, das seine Wichtigkeit hat). Gherardesca klopfte.
Er war im Höchstfall auf einen Rüffel gefaßt gewesen. Dabei wurde er Zeuge eines Nervenzusammenbruchs.

IX

Im Hemd, ohne Kragen, und in Unterhosen fiel der Conte auf den Sessel nieder. Stöhnend. Er hatte nicht einmal die Kraft, den Kammerdiener zu entlassen. Gherardesca mußte ihm ein Zeichen geben, sich zu entfernen.
»Meine armen Ferien! Diese kleine Verschnaufpause, die ich mir gegönnt habe, um überhaupt weitermachen zu können.«
»Aber Wilhelm erweist Ihnen eine Ehre. Das ist doch sehr schmeichelhaft.«
»Oh, ich Unglücklicher!«
»Er gibt Ihnen einen Beweis seiner Freundschaft, Signor Conte!«
Als ob er an eine Wand hinredete. Der Conte jammerte nur noch verzweifelter.
»Er gibt mich der Öffentlichkeit preis. Den Zeitungen. Ganz Europa wird es erfahren! Er verpatzt mir alles, verstehen Sie denn nicht?«
»Wir versuchen, die Journalisten fernzuhalten.«
»Und dann noch was. Wilhelm wird die Goltz sehen, und die erzählt ihm die Geschichte von der Hypothek. Für mich ist das eine Katastrophe, glauben Sie mir!«
Gherardesca, der bis jetzt etwas verstimmt gewesen war, begann nun Mitleid zu empfinden. Aufrichtiges Mitleid.
»Wegen der Hypothek brauchen Sie sich keine Sorgen zu machen. Wir sagen Vigliotti, daß er die Goltz keine Minute allein lassen darf, falls Wilhelm nach Wassen kommt. Wilhelms Steckenpferd ist doch die Kriegsmarine ...«
»Steckenpferd?«
»Ja, und Vigliotti ist doch Marineoffizier, oder? Wenn die Goltz nun Visè erwähnen sollte, fängt Vigliotti gleich mit der Marine an. Er spricht ja perfekt Deutsch. ›Wir experimentieren mit einem neuen Typ von Torpedoboot, dem stärksten auf der Welt.‹ Wilhelm beißt an, und das andere Thema ist vergessen. Also deswegen brauchen Sie sich

nicht zu beunruhigen. Signor Conte. Vigliotti ist gewitzt.«
Er schöpfte wieder Mut, zog sich die Hosen an.
»Und Sie glauben, daß er es vermeiden kann ...?«
»Davon bin ich fest überzeugt.«
»Dieser Vigliotti! Daß er mich immer retten muß!«
»Sie können ihn ja bald dafür belohnen.«
»Ja, wenn er mir diesen Schlag erspart, dann kehrt er als Fregattenkapitän nach Italien zurück. Aber man müßte ihn verständigen.«
»Das übernehme ich. Ich fahre sofort. Entweder mit dem Wagen oder mit dem Zug, ich beeile mich, um sechs bin ich schon in Wassen.«
»Und noch vor heute nacht berichten Sie mir – Gherardesca, Sie sind ein Freund!«
»Danke, Signor Conte.«
Dieser Vigliotti, den zu belohnen er nicht vergessen durfte! Als erstes mußte er, welch merkwürdiger Zufall, die Braut des Mannes in ihrem Schlafzimmer aufsuchen. Das war ihm ja ganz entfallen. Wie spät war es? Seine unbarmherzige Vacheron-Constantin zeigte 17 Uhr 15. Seit fünfundzwanzig Minuten wartete Clara, vielleicht zitternd, hinter ihrer Zimmertür. Es blieb ihm keine Zeit, sich fertig anzukleiden.
Im Morgenmantel machte er sich auf den Weg durch das Labyrinth von Treppen, Korridoren und wieder Treppen, das sein Zimmer von der Nummer 13 trennte. Er war bereits ganz in der Nähe, als er jemanden vor sich hinaufgehen sah. Frau Schwartz, die Anstandsdame. Was machte denn die hier, um diese Zeit?
»Signora Schwartz! Bitte, Frau Schwartz!«
Sie drehte sich um.
»Ich bitte Sie um einen Gefallen. Gehen Sie in die Apotheke und holen Sie mir ein Fläschchen von dem ... wie heißt es doch noch? Ein Beruhigungsmittel: Irgendeines!«
»O Gott! Fühlen Sie sich nicht wohl?«
»Nein, ich fühle mich nicht wohl, ich habe geläutet, aber es antwortet niemand. Mein Diener ist nicht da. Ich habe Herzpalpitationen.«

So tief war er gesunken (alles nur Wilhelms wegen!), daß er einer Bedienten etwas vormachen mußte, daß er sich von einer Bedienten abhängig machte! Sie ließen es ihn wirklich teuer bezahlen, dieses bißchen Zerstreuung, das er gesucht hatte.
Die Schwartz stürzte die Treppe hinunter. Freie Bahn!
Und sie, die arme Kleine, seine »Zerstreuung«, die gehorsam und geduldig dort an der Tür wartete? Sie hörte seine Entschuldigungen mit bekümmertem und enttäuschtem Gesichtchen an.
»Kommen Sie nicht herein? Wollen Sie meine Noten nicht mehr suchen helfen?«
»Meine Liebe, verschieben wir es. Unvorhergesehenes, ich sagte Ihnen ja schon, unangenehme Dinge, Verpflichtungen. Ich wollte mich gerade fertig machen – ja, bitte entschuldigen Sie meinen Aufzug, so war das nicht geplant, ich schwöre es Ihnen – , da kommt mein Sekretär und bleibt eine halbe Stunde. Jetzt muß ich etwas unternehmen, mich kümmern, Vorkehrungen treffen.«
»Ich verstehe. Sie fahren nach Wassen.«
»Aber mein Liebling! Nicht doch, nach Wassen schicke ich Gherardesca. Ich schwöre dir, daß ich auf Wassen pfeifen würde, wenn ich könnte! Ich denke nur an dich. Du kennst mich, Clara ...«
»Staatsaffären?«
»Genau, Staatsaffären. Betrachten Sie mich als Unseligen, ich verdiene Ihr Mitleid. Ich verlasse Sie jetzt, aber nur bis heute abend, bis morgen. Morgen um fünf. Sie haben mich verstanden, nicht wahr? Und morgen hier, um Punkt fünf!«
Kaum war er wieder unten, als man schon an seine Tür klopfte. Frau Schwartz mit Brighenti.
Er ergriff das Fläschchen:
»Ich brauche sonst nichts. Nein, nein! Es geht mir besser, es ist vorbei. Gehen Sie nur, gehen Sie alle beide. Und danke, danke!«

Beim Abendessen ließ sich die Mansolin nicht blicken. Frau Schwartz erklärte, eine Migräne sei der Grund dafür. Eine ganz plötzliche, heftige Migräne.

Migräne oder Repressalie? In Gewitterstimmung ging der Signore di Moriana hinaus, um von der Straße aus einen Blick zu ihrem Fenster zu werfen. Es war hermetisch verschlossen, um viertel nach acht! Fenster sprechen eine deutliche Sprache für Männer in bestimmten Gemütszuständen, und ihm blieb nicht der geringste Zweifel: Die Kleine war gekränkt und rächte sich. Sie hatte sich ein Tablett aufs Zimmer bringen lassen; sie schloß sich ein, um ihn zu bestrafen. Mit vollem Recht, schließlich hatte er sie in ihrer innersten weiblichen Würde verletzt.

Auch wenn er nichts dafür konnte, wenn die Schuld daran dieser Idiot mit seinem goldenen Adler auf dem Helm hatte.

Zum Teufel mit ihm und all seinen Helfershelfern! Nicht auszudenken, daß er morgen früh schon hier sein konnte, an dem hübschen kleinen Bahnhof von Göschenen, um alles zu verderben, zu zerstören – und *er*, gezwungen, ihn zu empfangen, ihm schönzutun und – auch das noch! – ihn zu umarmen!

Am nächsten Morgen jedoch verzog sich das Gewitter. So wie es gekommen war – durch boshaften oder neckischen Zauber.

»Das darf doch nicht wahr sein!« kommentierte Gherardesca, der in der Zwischenzeit die Konsequenzen zu tragen gehabt hatte: Die überstürzte Reise nach Wassen und zurück innerhalb zwei Stunden, ein gutes Stück davon sogar zu Pferd. »Brighenti«, wetterte er, unter Hintanlassung seiner sonstigen Verbindlichkeit, »wenn Sie mir noch einmal einen solchen Streich spielen, dann schlage ich Ihnen Ihr scheußliches Ziegenbockgesicht ein!«

Der am meisten Geschädigte, der Conte, habe – so erzählte Gherardesca später – die Nachricht aus dem Munde dieses Biedermanns, der Brighenti im Grunde ja doch sei, mit Ruhe aufgenommen.

Das ganze hatte sich so abgespielt: Um sechs Uhr, als man noch kaum etwas sah, war Brighenti in Gherardescas Zimmer gekommen, um ihn zu wecken. Als Gherardesca die Augen öffnete, sah er ihn auf seinem Bett sitzen.

»Ich teile Ihnen mit, daß er nicht kommt.«

»Was ist los?«

Gherardesca lief im Nachthemd zum Waschkrug, um sich das Gesicht zu bespritzen.
»Was ist?«
»Er kommt nicht.«
»Wer?«
»Wilhelm.«
»Er kommt nicht?«
»Er kommt nicht.«
»Aber das ist ja wie im Kasperletheater – perlikko, perlakko!«
Brighenti stand auf, um Fenster und Läden weit zu öffnen.
»Sie sollten nachts immer die Fenster offen halten. Hier drinnen ist keine gute Luft. Wissen Sie, das ist eine Grundregel der Hygiene. Was den Kaiser betrifft, so habe ich gestern abend vor dem Schlafengehen noch einmal die Botschaft überprüft. Es ist sonnenklar. Er schreibt, daß er nicht kommen kann.«
»Sagen Sie mal, können Sie nun Deutsch oder nicht?«
Der Professore verzog keine Miene.
»Hören Sie, mein Lieber, ich war in Heidelberg, in Bonn, in Berlin. Im übrigen habe ich mehrere deutsche Freundinnen gehabt. Ich will mich damit nicht brüsten – ich bin und war Junggeselle. Darunter auch zwei Österreicherinnen aus Triest. Alle hintereinander, versteht sich, mit Ausnahme der beiden aus Triest. Als junger Mann hatte ich in Berlin ein Mädchen, das mich wegen meines Auftretens und meiner Figur – 1,81, wissen Sie, ohne Sie damit kränken zu wollen – ›Gardeoffizier‹ nannte. ›Adieu, mein kleiner Gardeoffizier‹, kennen Sie das Lied? Nein? Selbstverständlich kann ich Deutsch! Aber, wissen Sie, Deutsch ist eine Sprache, die man, genau wie das Latein, nie ganz beherrscht. Beherrschen Sie Latein?«
»Ach, lassen Sie mich doch in Ruhe ...«
»Und der Stil eines Kaisers ist schwierig, verschnörkelt, ein Kaiser schreibt anders als ein Pferdezüchter. Verzeihung, das bezog sich nicht auf Sie.«
Wichtiger war jetzt, wer es dem Conte beibringen sollte. Gherardesca hatte dazu nicht die geringste Lust.

»Gestern war er außer sich!«
»Aber als ich kam«, bemerkte Brighenti, »hat er sich sofort wieder beruhigt. Meine Gegenwart hat genügt. *Praesente medico nihil nocet*. Aber natürlich ist er ein leicht erregbarer Patient. Gewisse Verdrießlichkeiten sollte man von ihm fernhalten, da müßte sich das Sekretariat einschalten und filtern, dämpfen.«
»Hör dir das an, ›das Sekretariat‹! Und diese Riesenaufregung mit dem Brief? Haben Sie vielleicht die Frechheit, die *mir* anlasten zu wollen?«
Brighenti erhob sich stolz.
»Gut, dann werde eben ich es ihm sagen. Ich, der ich ein reines Gewissen habe. Ich, der ich weder Könige noch Tyrannen fürchte. Leben Sie wohl!«
Zunächst suchte Brighenti jedoch nach der hübschen Züricher Lehrerin, Fräulein Tschudi. Er unterbreitete ihr den strittigen Satz, den er an den Rand einer Nummer des »Resto del Carlino« geschrieben hatte. Seine letzte Interpretation stimmte haargenau. Dann setzte er sich auf eine Bank vor dem Hotel, in stummem Zwiegespräch mit dem unverrückbaren Herrn Wüntz und in Erwartung des Chefs. Der beobachtete gerade ein Zeremoniell, eines der ganz wenigen, an denen er immer mit Vergnügen teilnahm, wenn sie ihn ließen: Im Hof der Dorfschule warteten die Kinder, sommersprossig und ein bißchen steif, mit ihren kleinen Schulranzen auf dem Buckel in Zweierreihen auf den Befehl, ins Klassenzimmer einzurücken. Kinder und Schulen, die mochte er.
Zu Hause in Monza kam er machmal in eine Volksschulklasse. Dann setzte er sich neben den Lehrer, unter sein eigenes Poträt und die Landkarte von Italien (auf der jede Region in einer anderen Farbe eingezeichnet war – in jeder Farbe, nur nicht in Rot, dessen Verwendung dem Kartographen untersagt war).
(Diese spontane Beziehung zur Kindheit, ein Wesenszug, der aus irgendeinem Grund der höfischen Anekdotensammlung entgangen ist, war weder Pose noch Klischee. Sie war genauso unbewußt und unfreiwillig wie die fatalistische Nachsicht gegenüber seinen Gegnern, einschließlich derer, die ihn umzubringen versuchten und die er,

wenn ihm das möglich gewesen wäre, auch noch der blutigen italienischen Justiz entzogen hätte.)
Die Schüler gingen zum Unterricht, und er kehrte zum Hotel zurück.
Brighenti kam ohne Schaden davon: Die Erleichterung des Conte verwandelte sich in Dankbarkeit, als ob Wilhelm II. auf ein Zeichen des Professore hin heranrücke oder zurückweiche. Die freudige Überraschung tilgte allen Groll gegen den, der die schlechte Nachricht und den verpfuschten Abend auf dem Gewissen hatte, und Brighenti konnte hinterher triumphierend berichten:
»Er hat mir einen Kaffee und eine Zigarre angeboten! Ja, er ist ein Grandseigneur, ein Mann von echtem Adel, aber ich bin auch niemand, der sich einschüchtern läßt. Potzblitz! Sich nur nie zum Schaf machen lassen!«
Gherardesca war verblüfft.
»Er hat mich ›lieber Brighenti‹ genannt, und dann hat er gesagt: ›Sehen Sie, in unserer Familie ist niemand sprachbegabt. Wir sprechen gut Französisch, leidlich gut Piemontesisch und leidlich schlecht Italienisch. Das ist alles.‹ Die Bescheidenheit eines Grandseigneurs!«

Das Dorf hatte seinen Sommergästen verschiedene Aufregungen zu bieten. Aufbruch und Rückkehr der kühnen, meist angelsächsischen Bergsteiger, die, ausgerüstet mit Alpenstock, Steigeisen, Eispickel und einem malerischen Gefolge von Führern, Maultiertreibern und Trägern, die Gletscher herausforderten und nicht selten mit gebrochenen Knochen und halb erfroren wieder ins Tal herunterkamen. Häufiger und erfreulicher waren dagegen die Ankünfte der Gotthard-Post und ihrer von Schleiern, Schals, Decken, Säcken und Wasserflaschen behinderten Passagiere (zweimal pro Tag) sowie die Aufenthalte der internationalen Züge (mindestens vier). Vielleicht nicht ganz so geschätzt waren die Kühe, die sich frühmorgens und am Abend zwischen den Ställen im Dorf und den umliegenden Weiden in Bewegung setzten. Ein Junge ging ihnen mit einem Fähnchen in der Hand voran. Der disharmonische Klang der riesigen, fast bis zum Boden hängenden Glocken verbreitete eine traumhafte, archaische Feierlichkeit, die bei einigen der Fremden Sehnsucht nach weißen Gipfeln und vergoldeten Tälern aufkommen ließ – obwohl sie die doch vor sich hatten. Der trockene Harzduft der Tannen und Lärchen, der in der Luft lag, erwärmte sich für einen Augenblick am Atem der Tiere und am gräsern-rauchigen Dampf der Kuhfladen, die kleckend in den Staub der Fahrstraße fielen.

Wenn Brighenti und Gherardesca vom Dienst befreit waren, widmeten sie sich ohne Präferenzen den genannten Ereignissen. Der Chef rührte sich an diesem Morgen nicht von der Terasse des Adlers, wo zwei englische Mädchen Federball spielten; sie warfen sich mit den Schlägern den kleinen gefiederten Ball zu, und der Conte machte den Schiedsrichter, ohne sich beirren zu lassen, wenn er getroffen wurde. Clara war an einem Fenster erschienen, und der Conte hatte es verstanden, ihr ein Zeichen zu machen: Heute abend um fünf.

Seine beiden Begleiter lenkten ihre Schritte zum Bahnhof, um das erste Bier des Tages zu trinken. Vor dem Bahnhof stellte ein kleiner, dicker Mann in Sportanzug und karierter Schirmmütze gerade ein dreibeiniges Gestell auf. Als er dann drehend einen viereckigen Kasten aus schwarzem Leder darauf befestigte und schließlich noch ein großes Stück Stoff in der gleichen Farbe zum Vorschein kam, begriff man und wurde neugierig: ein Photograph. Der Photograph fing an, das Publikum in vier Sprachen anzulocken: »Ein Franken die Aufnahme, Erfolg garantiert, prompte Lieferung!«

Unsere beiden, die sich wieder versöhnt hatten, schauten sich fragend und belustigt an. Sie warfen sich in Pose, Arm in Arm, und bezahlten.

»Welches Hotel, meine Herren?« fragte der Photograph auf italienisch mit einem deutlich neapolitanischen Akzent. »Heute um fünf liefere ich die Aufnahme ab.«

Inzwischen war ein Schnellzug angekommen und schon wieder weitergefahren, ein paar Reisende traten auf den kleinen Bahnhofsplatz.

»Na so was«, sagte Brighenti, »ist das nicht Guillet?«

Es war Guillet, Gherardescas »Vize«, der in Bratenrock und halbhohem Zylinder, den Staubmantel überm und die

Aktenmappe unterm Arm, recht verloren unter den Sommerfrischlern wirkte.
»Was für ein guter Wind führt Sie zu uns?«
»Oh, diese Sonne!« antwortete Guillet im gleißenden Licht der Gletscher, die dort oben, jenseits der schwarzen Tannenmauer, leuchteten. »Gebt mir was zu trinken!«
Sie nahmen an einem Seitentisch im »Bahnhofsbüfett« Platz. Der ehemalige Leutnant der Meldereiter und Angehörige des ruhmreichen Karrees von Villafranca ließ die anderen beiden plaudern, erzählen, fragen, während er in großen Zügen sein Bier trank. Schließlich zog er eine Zeitung aus seiner Mappe und legte sie aufgeschlagen vor sie hin.
»Das ist der gute Wind.«
Eine bekannte römische Tageszeitung jüngsten Datums. Auf der zweiten Seite eine Glosse über zwei Spalten; kurz, jedoch mit fettgedrucktem Titel und einer mehr spöttischen als rätselhaften Schlagzeile:

WER SUCHT, DER FINDET. WISST IHR, WO ER IST?
Aus xxx, September

Ohne Hinzufügungen oder Abwandlungen folgte der Artikel, den Mr. Fairtales, alias Schiapin, an jenem Nachmittag im Adler verfaßt hatte.
Gherardesca (lesend): »Der Artikel ist sehr boshaft. Das wird Aufsehen erregen!«
Guillet: »Habt ihr gedacht, ihr könntet unbemerkt bleiben?«
Gherardesca: »Es wurde jede Vorsichtsmaßnahme getroffen.«
Guillet: »Wenn eine Persönlichkeit dieses Kalibers verreist und ins Ausland fährt, dann hat das entweder sehr mondäne oder höchst politische Gründe. Und so etwas wittern die Journalisten tausend Meilen gegen den Wind.«
Gherardesca: «Der Chef ist zwar kein keuscher Josef, aber die mondäne Welt widert ihn an. Wir sind in einem kleinen Ort. In einem bescheidenen Bergdorf.«
Brighenti: »Ich bin sein Leibarzt, ich verfolge jede seiner Stunden, und ich kann sagen, daß er hier sogar ein keuscher Josef ist. Mit Frauen pflegt er keinerlei Umgang.«

Guilett: »Der Artikel spricht von einer schönen Deutschen.«

Gherardesca (lachend): »Zerbrechen Sie sich darüber nicht den Kopf, Guillet, da geht es nur um einen Haufen Geld. Dieser Dame wurde Visè verkauft, eine alte Räuberburg im Monferrat, mit ein paar Wäldern drumherum. Und gut verkauft! Wirklich sehr gut!«

Guillet: »Das mag ja sein, aber das ist zu einfach, um wahr zu erscheinen. Und der Artikel wird Auswirkungen haben. Zum Beispiel Anfragen beim Senat.«

(Für ein paar Augenblicke schwiegen alle. Gedankenschwere Klammer.)

Guillet: »Und dann nehmt noch den Kaiser Wilhelm dazu. Es ist durchgesickert, daß er sich privat in Romanshorn, am Schweizer Bodenseeufer, aufhält. Niemand wird diese Koinzidenz für zufällig halten. Man wird sofort an ein Treffen denken.«

Brighenti (mit Stolz): »Das Treffen stand in Aussicht. Aber wir haben es zu verhindern gewußt.«

Guillet: »Ich sage euch, da braut sich etwas zusammen. Haben Sie eine Ahnung vom Kongo, meine Herren?«

Gherardesca und Brighenti schauen sich gegenseitig an, zunächst argwöhnisch, dann jedoch jeder durch das Schweigen des anderen beruhigt.

Guillet: »Der Kongo ist ein sozusagen unabhängiger afrikanischer Saat, der sich als Herrscher König Leopold von Belgien erwählt hat. Ein Land, das fünfundachtzigmal so groß ist wie Belgien, aber nur fünfmal größer als das deutsche Kaiserreich. Die Krupps, voll von Nächstenliebe, stehen nun auf dem Standpunkt, die Last sei für Leopolds Schultern zu schwer, und bieten sich daher an, ihm zu helfen. Sie schlagen eine Belgisch-Deutsche Minengesellschaft mit deutschem Kapital und unter deutscher Führung vor. Dazu müssen sie jedoch sicher sein, daß ihnen die großen europäischen Mächte, vor allem die des Dreierbunds, keine Knüppel zwischen die Beine werfen, und deshalb beauftragen sie ihren Freund und Sendboten, den glücklich regierenden Wilhelm II., in Wien und Rom das Terrain zu sondieren. Wien erteilt seine Zustimmung, jetzt sind wir dran. Ich referiere nur die Gerüchte, die im

Umlauf sind, die aber immerhin vom ›Figaro‹ so ernst genommen werden, daß er uns in der letzten Woche einen Leitartikel gewidmet hat.«

Gherardesca: »Krupp, sagen Sie?« (Zu Brighenti:) »Unsere Klientin, die schöne Dame aus Wassen, ist die nicht mit den Krupps verwandt?«

Brighenti (besorgt): »Mir scheint schon.«

Guillet: »Oh, wie interessant!«

Gherardesca: »Um auf und zurückzukommen, lieber Guillet: Den Artikel, den Sie uns da bringen – wer hat den eigentlich geschrieben? Wer hat uns da aufgestöbert? Wir sind nun schon etliche Tage hier und haben keinen einzigen Italiener getroffen.«

Guillet: »Naive Frage! Ein Journalist verbirgt sich, verkleidet sich. Sehen Sie den Monsignore, der dort in der Ecke seinen Milchkaffee trinkt? Das kann der Reporter vom ›Secolo‹ oder von der ›Daily Mail‹ sein. Der Kutscher, der Bergführer, der Viehhirt, der Hotelbesitzer: alle Verkleidungen taugen dazu, einen Journalisten, einen Korrespondenten zu tarnen. Und erst recht hier im Gebirge!«

Brighenti: »Wer hätte das gedacht. Ein hübscher kleiner Ort, ruhig und friedlich, und dabei wimmelt es von Verrätern und Spionen.«

Guillet: »Aber die Schweiz, die gesamte Schweiz ist das reinste Paradies für Spione. Hier findet ihr die Geheimagenten des Sultans wie die der Jesuiten, die Vertrauensleute der serbischen Schwarzen Hand, die Spione der russischen Ochrana, die geheimen Vertreter der sozialistischen und der anarchistischen Internationale. Informanten, Verschwörer, Zuträger, Beauftragte der Revolution wie der Reaktion, da fehlt kein einziger, das könnt ihr mir glauben.«

Gherardesca (mit der Hand auf den Tisch schlagend): »Gott im Himmel. Der Photograph! Von vorhin! Wenn das ein Reporter ist?«

Guillet: »Welcher Photograph?«

Gherardesca: »Der uns beide photographiert hat, und wenn ich mir das jetzt überlege, dann war im Hintergrund der Bahnhof. Das große Schild mit der Aufschrift ›Göschenen, Uri‹.«

Guillet: »Ich muß mich doch sehr wundern, daß ihr, vom Gefolge des Conte, euch von einem Unbekannten photographieren laßt.«
Gherardesca: »Guter Gott! Brighenti, laufen Sie und suchen Sie ihn, ich bitte Sie! Lassen Sie sich sofort die Photographie geben. Um jeden Preis!«
Brighenti (erhebt sich ernst, opferbereit): »Ich habe verstanden. Hier wird alles mir aufgebürdet.«
Guillet: »Professore, lassen Sie sich auch die Platte geben! Das ist wichtig!«

Der Länge und der Breite nach durchstöberte Brighenti das Dorf, bedeckte sich bis zu den Wimpern mit Staub, verdreckte sich die Schuhe mit Kuhfladen, durchkämmte die Gassen, Gäßchen, Pfade, die der Reuß entlang auf und ab führen. Der kleine dicke Mann mit seinem Koffer blieb verschwunden.
Auf dem Rückweg zum Bahnhof war er müde und durstig. Er kehrte in der Bierstube ein. Am Garderobenständer sah er eine Schirmmütze mit auffallendem Karo.
»Ja«, bestätigte der Wirt, für den Brighenti inzwischen ein gewohnter Kunde war, »der Photograph ist oben. Er hat mich um ein Zimmer gebeten, um seine Bilder zu entwickeln, und ich habe es ihm gegeben.«
Also doch ein Spion. Sonst hätte er doch erst seinen Turnus fertig gemacht. Es war *ihr* Bild, das ihm am Herzen lag.
Brighenti zögerte nicht. Als Bolognese, der das Herz auf dem rechten Fleck hat, stieg er die Treppe hinauf, klopfte an eine Tür, öffnete.
»Zumachen! Ich bin in der Dunkelkammer. Machen Sie die Tür zu!«
»Keine Geschichten! Ich bin der von der Aufnahme vor dem Bahnhof. Und Sie geben mir auch die Platte.«
»Sie ruinieren mir alles, zumachen! Herrgott noch mal!«
»Ich denke nicht daran zuzumachen. Geben Sie mir, was Sie mir geben müssen.«
Der Mann sprang heraus, reichte ihm eine noch feuchte Photographie, schloß die Tür. Brighenti stieß sie wieder auf.
»Ich fordere die Platte! Und verlaß dich drauf: Ich lass mich

nicht hinters Licht führen! Ich kenne dich, du verkleideter Zwerg! Mit mir ...«
Er hatte noch nicht ausgeredet, als er schon über den Korridor flog.
»Verschwinde, du Hund! Sonst fliegst du die Treppe hinunter!«
Ein Rasender!
Brighenti hob die Photographie auf und ging die Treppe hinunter. Unverzüglich, aber mit Würde stieg er sie aus eigener Kraft hinunter.
Er kehrte zum Treffpunkt zurück, aber seine Mission hatte eine Stunde gedauert, und in der Zwischenzeit war Guillet wieder abgefahren. Mit dem Zug um elf, nach Italien. Gherardesca erklärte:
»Guillet ist nur gekommen, um mir die Zeitung vorzulegen und mich auf dem laufenden zu halten. Die Entscheidungen muß ich treffen.«
Und als er die Photographie sah:
»Zum Teufel, das ist ja ein Meisterwerk! Wir sehen bedeutend aus. Und da ist das Schild hinter uns: ›Göschenen, Uri‹, wie ich es in Erinnerung hatte. Und die Platte?«
»Die habe ich ihm um die Ohren geschlagen.«
Genau das, was er gerne getan hätte; und Brighenti war kein Jesuit, der zwischen Handlung und Absicht fein unterscheidet.
Als sie wieder im Hotel waren, suchten sie den Conte und forschten ihn ganz vorsichtig aus. Ja, ein Photograph sei dagewesen und auch auf die Terasse gekommen. Natürlich hatte ihn der Conte zurückgewiesen. Mit Freundlichkeit und zwei Franken Trinkgeld.
»Wollt ihr vielleicht, daß ich mich photographieren lasse? Wir sind in einer zu delikaten Situation, als daß wir es uns erlauben könnten, Erinnerungen nach Hause mitzubringen. Und ihr? Es wird euch doch nicht eingefallen sein ...«
Einstimmig:
»Aber wir bitten Sie, Signor Conte!«
Geteilte und damit eingestandene Lüge. Aber wenn es doch in bester Absicht geschehen war?
Es hatte noch nicht zum Mittagessen geläutet, und so blieb

den beiden Zeit, sich in einem ihrer Zimmer einzuschließen. Zur Beratung. Der Professore schlug vor, nichts zu sagen, weder von der Zeitung noch vom Auftauchen Guillets.
»Sie machen es sich leicht. Aber ich, ich lade mir eine Verantwortung auf.«
»Und ich übernehme die meine. Ich unterschreibe ein ärztliches Zeugnis, aus dem hervorgeht, daß ich ihm 14 Tage Ruhe verordnet habe. Was hat er denn Schlimmes getan? Er hat sich eine kurze Erholung gegönnt. Und er hat hinterlassen, wo er ist, sonst hätte doch Guillet uns nicht besuchen können. Er ist also keineswegs unerreichbar.«
»Offiziell ist er unerreichbar. Und genau das kann er sich nicht erlauben. Nicht genug damit. Da ist dieser famose Zufall, daß Kaiser Wilhelm sich hier in der Nähe aufhält. Man wird behaupten, sie hätten sich getroffen.«
»Das werdet ihr dementieren.«
Sie kamen überein abzuwarten. Nach ihrer Rückkehr würde Gherardesca die Zeitung in die Mappe »Laufende Angelegenheiten« stecken. Der Chef würde sie zwar lesen, aber erst mit ziemlicher Verspätung. Brighenti hegte Befürchtungen wegen der deutschen Intrigen im Kongo.
»In den achtzehn Jahren seit 71«, bemerkte Gherardesca, »haben wir weit schlimmere Nachrichten gehört. Jedes Frühjahr: französische Revanche, preußischer Präventivkrieg. Gewitterwolken, die vorbeiziehen. Im übrigen möchte ich mich dazu nicht äußern, das ist Politik, und die Politik betrifft mich nicht.«
Brighenti grinste.
Doch die Sache mit dem Artikel ging ihnen nicht aus dem Kopf. Ein Journalist, der im rechten Moment aus Rom anreiste, mußte doch von jemandem in Kenntnis gesetzt worden sein. Und nachdem er einmal am Ort war – unter welcher Verkleidung und in welchem Versteck auch immer – , mußte er doch Instruktionen bekommen haben, Informationen, eine genaue Spur, die er verfolgen konnte. Der Artikel sprach unter anderem von der Goltz. Er be-

schrieb das Chalet der Dame in Wassen, spielte auf die Unterredung des Conte mit ihr an.

»Unter uns befindet sich also ein Judas!«

Die beiden schauten sich von der Seite an: Sie, die durch Ämter zum Zusammenleben verpflichtet waren, vereint durch gegenseitige Antipathie und seit einer halben Stunde durch eine gemeinsame (Not–)Lüge; unzertrennlich und überzeugt, stolze Gegner zu sein.

»Ein Judas«, wiederholte Gherardesca laut. »Wenn ich den entdecke, dann ziehe ich ihm das Fell über die Ohren.«

»Dummes Zeug. Wie wollen Sie ihn denn entdecken?«

»Das Fell ziehe ich ihm über die Ohren. Und ich hoffe bloß, daß es nicht das Ihre ist.«

»Das meine? Sie, der nichts anderes getan hat als mit dieser Frau Tschudi zu tuscheln ...«

»Das Ihre! Sie, der immer dieser Frau Schwartz nachsteigt – gelinde ausgedrückt.«

»Sie werden doch nicht wagen ...«

»Noch nicht. Aber ich behalte mir vor, es zu wagen ...«

»Wollen wir uns duellieren, Graf?«

»Zunächst wollen wir zu Mittag essen.«

Nach so vielen Prüfungen verspürte auch der Herr Professor Appetit.

»Ja, natürlich.«

X

Die ersten vierzehn Tage des September 1889 sind in die Annalen Roms eingegangen nicht wegen ungewöhnlicher oder beispielhafter Werke und Geschehnisse, sondern wegen der Hitze. Einer mörderischen Hitze. Man rechnete, daß von den über vierhunderttausend Seelen nur zweihunderttausend in der Stadt geblieben waren, wirklich »arme Seelen«; die anderen hatten sich an die Strände oder in die Berge Latiums gerettet. Der Tiber, ein gelbes Rinnsal zwischen verrosteten *Corned-beef*-Dosen und ausrangierten, verkalkten Nachtgeschirren. Die berühmten Aquädukte tropften nur noch, in der Campagna riß der Boden vor einem auf wie bei einem Erdbeben.
Der Präfekt der Hauptstadt erlebte ein häßliches Abenteuer. Als einzige übriggebliebene Verkörperung der Ordnung, nachdem alle städtischen Obrigkeiten, ganz zu schweigen von Regierung und Parlament, flüchtig waren, glaubte sich der brave Beamte verpflichtet, alle, so gut er konnte, zu ersetzen, und unternahm täglich Inspektionen innerhalb und außerhalb der Stadtmauern. Eines Abends fuhr er über die Via Laurentina aus der Stadt hinaus, und auf dem Rückweg scheuten seine Pferde, vielmehr erschraken sie aus gutem Grund und schleuderten die Kutsche gegen einen Baum: Der Präfekt und sein Begleiter landeten im Krankenhaus. Drei oder vier Büffel aus der Macchia waren mit gesenkten Köpfen auf der Straße erschienen. Vom Durst getrieben, kamen sie aus den fernen Pontinischen Sümpfen, die durch die Dürre größtenteils so trockengelegt waren, wie es selbst den Päpsten nie gelungen war.
Nachrichten solcher Art, zusammen mit dem Wetterbericht und den entmutigenden Vorhersagen, füllten die Zeitungen und sicherten sich die äußerste Aufmerksamkeit der Leser; die übrigen Meldungen verblaßten daneben. Auch die beiden halben Kolumnen mit den Initialen W. S., die »Besonderen Enthüllungen aus xxx«, fanden weder

das Echo, das sie verdienten, noch das besondere Publikum, an das sie gerichtet waren: Politiker, Diplomaten, große Welt. Sie verpufften wie eine Feuerwerksrakete, die im grellen Sonnenlicht abgeschossen wird. Im Licht *dieser* Sonne.

Vom Thermalbad Bognanco ging mit dem Absender einer sehr einflußreichen Persönlichkeit eine Depesche an eine andere sehr einflußreiche Persönlichkeit, die sich an dem Thermalwasser von Fiuggi gütlich tat. Die Depesche war im Klartext abgefaßt, das heißt nicht verschlüsselt, und deshalb doch nicht sehr klar. Sie bezog sich mit vorsichtig verschleierten Worten auf die überraschende journalistische Enthüllung, die »bekannte Persönlichkeit« betreffend, und verlangte die Meinung des Empfängers darüber und »Auskünfte« über die Maßnahme, die dieser zu ergreifen gedenke. Fiuggi telegraphierte kurz und barsch zurück und verlangte Auskünfte über die geforderten Auskünfte. Bognanco insistierte und wiederholte den Text des ersten Telegramms fast unverändert, den man anscheinend für mehr als verständlich hielt, wenngleich er aus naheliegenden Gründen nicht ganz deutlich sein konnte.

Tatsache war, daß sich die beiden Telegrammschreiber in Fiuggi und Bognanco weder liebten (ganz im Gegenteil) noch schätzten. Wie es in einem solchen Fall ist, taten sie sich schon schwer, einander mündlich zu verstehen. Geschweige denn per Telegramm.

Fiuggi telegraphierte nicht mehr zurück. Der Artikel war auch dort gelesen und zur Kenntnis genommen worden, aber ob sich die Persönlichkeit in der deutschen Schweiz oder im österreichischen Tirol amüsierte anstatt im piemontesischen Salice d'Ulzio, das war ohne Bedeutung. Im Gegenteil. Aufgrund verschiedener Hinweise wußte man, daß sich in diesen Tagen eine wesentlich aktivere und bedeutendere Persönlichkeit in der deutschen Schweiz aufhielt: die höchste Vertretung jener dominierenden politischen Realität: Deutschland, Preußen, Berlin, auf die hin unser internationales Handeln sich immer stärker ausrichten sollte. Wenn sich die beiden getroffen hätten, dann wäre das eine gute Sache. Vielleicht die erste gute Idee, die einer der beiden überhaupt je gehabt hatte.

Die im grellen Sonnenlicht abgeschossene Feuerwerksrakete, von der man in Bognanco und Fiuggi kaum Notiz nahm, wurde dagegen in Bern beachtet. Das Eidgenössische Außendepartement hatte, wenngleich es an dem spezifischen Umstand weniger interessiert war, empfindliche Antennen. Und eine gewissenhafte Höflichkeit; oder Neugier.
Der Protokollchef erhielt den Auftrag, in den Kanton Uri zu fahren und der Sache nachzugehen. Das war der Grund, warum ein Herr von neutralem Aussehen und notariellem Gehabe in Göschenen ausgestiegen war und sich nach kurzer Inspektion des Hotels Adler im des Alpes eingemietet hatte.
Er brauchte nur ein paar Stunden. Nachdem er an diesem Morgen an einem Tischchen auf der Terasse des Adler hinter einer Zeitung und mit einem Kaffee und *petit–pains* Stellung bezogen hatte und einer Partie Federball beiwohnte, bei der ein reifer, schnurrbärtiger und korpulenter Italiener sich damit amüsierte, als Schiedsrichter zwischen den jungen Spielerinnen zu fungieren, stand es für ihn fest, daß keinerlei Zweifel möglich waren. Er zog sich zurück, kam später wieder und verlangte den Sekretär des Conte di Moriana zu sprechen.
Zu diesem Zeitpunkt (zwei Uhr nachmittags) war der Portier gerade beim Essen. Daher antwortete ihm der Hotelbesitzer unter der Eingangstür, das heißt, wenn man das als Antwort bezeichnen konnte: Er drehte sich um, zeigte auf Brighenti, der in einem Sessel des Vestibüls saß, und nahm dann wieder seine kontemplative Haltung als Hotel-Buddha ein, die Arme hinterm Rücken verschränkt.
»Ich hätte dem Signor Conte eine Mitteilung zu machen«, sagte der Besucher.
Brighenti sprang hoch.
»Halt! Wer sind Sie?«
Der andere stellte sich vor.
»Ha Ha! Mich legt ihr nicht mehr 'rein. Sie sind ein Journalist.«

»Ich bin kein Journalist.«
»Aber ein Photograph.«
»Ich bin auch kein Photograph«, sagte der andere mit einem verständnisvollen Lächeln.
»Wie kommt es dann, daß Sie besser Italienisch sprechen als ich und dabei behaupten, Sie kämen aus Bern?«
»Ich bin Tessiner, aus Stabio. Das hindert mich jedoch nicht daran, Schweizer und Zugehöriger eines Departements beziehungsweise eines Ministeriums zu sein, wie ich es Ihnen erklärt habe.«
»Wo sind die Beweise?«
»Ich lege sie Ihnen sofort vor. Lassen Sie mich nur in mein Hotel zurückgehen.«
»In welches?«
»Hotel des Alpes.«
»Ich komme mit Ihnen.«

Die Beglaubigungsschreiben wurden vorgelegt, Brighenti mußte einen anderen Ton anschlagen.
»Und jetzt, Herr Botschaftsrat?«
»Und jetzt, Herr Professor, entledige ich mich meines Auftrags, indem ich Sie bitte zu übermitteln, daß die Eidgenössische Regierung die Ehre zu schätzen weiß, die der Signor Conte ihr erwiesen hat, indem er einen unserer Kantone als Erholungsort wählte. Die Regierung steht zu seiner Verfügung in allen Dingen, die ihm während seines Aufenthalts auf Schweizer Boden von Nutzen sein könnten.«
»Ich werde die Ehre haben, es auszurichten.«
»Die Eidgenössische Regierung wird darüber wachen, daß die Erholung des Signor Conte in keiner Weise gestört wird, und sie bedauert aufrichtig, daß es durch den Übereifer eines unserer Grenzposten zu dem unerfreulichen Zwischenfall kommen konnte.«
»Grenzposten? Zwischenfall? Wann denn?«
»Vor einigen Tagen.«
»Davon weiß ich nichts.«
»Das hat keine Bedeutung, Herr Professor. Für eventuelle Ausflüge innerhalb des Landes oder auch für seine Rückkehr in die Heimat kann sich der Conte di Moriana eines

Salonwagens der Eidgenössischen Eisenbahnen bedienen. Er wird von morgen abend an in Göschenen bereitstehen.«
»Vielen Dank. Sie versichern, daß Ihre Regierung die Erholung des illustren Gastes zu respektieren wünscht. Darf ich fragen, aus welchem Grund sie sich zur Einmischung entschlossen hat? Vielleicht aufgrund von indiskreten Meldungen, die in der italienischen Presse erschienen sind?«
Recht naiv vom Professore, zu erwarten, daß ein Protokollchef bei ihm auspackte.
»Das Außendepartement beachtet selbstverständlich die wichtigsten Nachrichten, die in der ausländischen Presse erscheinen.«
Nichts weiter.
Als Brighenti wieder zum Adler zurückging, traf er Gherardesca, genau auf der Reußbrücke.
»Dieser Fluß ist ein unermüdlicher Faulpelz, der seinesgleichen sucht!«
Brighenti war nicht zu Scherzen aufgelegt:
»Ich sage Ihnen, daß ich nach noch zwei solchen Tagen bereit wäre, ein für allemal nach Porretta zurückzukehren. Ich bin ein Arzt. Und kein Talleyrand!«
Sie blieben auf der Brücke stehen, und Brighenti berichtete von dem Besuch des Herrn aus Bern.
»Und was halten Sie nun davon?«
»Ganz einfach, unser Inkognito ist auf allen Seiten leck. Mir kommt es schon vor wie ein Sieb.«
»Und was tun wir jetzt? Sollen wir ihm alles erzählen?«
»Das können wir schon. Aber dann fragt er, wieso man in Bern davon Wind bekommen habe. Und wir müssen dann sagen, durch eine italienische Zeitung. ›Und die Zeitung, woher weiß die das?‹ Und damit sind wir wieder am Anfang: Wer hat uns verraten? Ich weiß nicht, wie das ausgehen wird, denn hier gibt's kein Entrinnen, wir sind drei Verdächtige, wenn man Vigliotti unbedingt dazurechnen will.«
Genaugenommen gehörte auch die Goltz dazu. Aber darüber waren sie sich einig, daß die Dame am wenigsten verdächtigt werden konnte, Beziehungen zu italienischen

Zeitungsschmierern (wie Brighenti sich ausdrückte) zu pflegen.
Schweigend betrachteten sie die grüne Reuß unter ihnen.
»Und dieses Außendepartement«, bemerkte Brighenti mit aufrichtiger Bitterkeit, »stellt den illustren Gast sozusagen unter Polizeiaufsicht. Da sie nicht sagen können, ›Sie sind gehalten, über Ihre Unternehmungen Meldung zu machen, bekanntzugeben, wann Sie die Schweiz zu verlassen wünschen‹, erfinden sie den Trick mit dem Salonwagen. Ausgekochte Füchse sind das!«
»Da spielt sicher die gleichzeitige Anwesenheit von Wilhelm mit. Die Schweizer sind eifersüchtig auf ihre Neutralität bedacht.«
Das Rollen von Rädern im gezügelten Trab der Pferde: Die Gotthard-Post, die vom Paß herunterkam, fuhr rasch, beinahe hautnah, hinter ihnen vorbei.
»Mein Bester«, fügte Gherardesca hinzu und klopfte sich den Staub ab, »solange es nur die gab, ließ sich das Inkognito eines Herrschers wahren. Aber jetzt, mit all diesen neuen Verkehrs- und Nachrichtenmitteln der modernen Technik: Eisenbahnen, Telegraphen ... Die nicht zuletzt auch dem Schmuggel entgegenkommen. Diesen Zwischenfall mit den Grenzposten, wissen Sie, wer den gehabt hat?«
»Ich nicht!«
»›Ich nicht!‹ Was für ein kurzes Gedächtnis Sie doch haben! Als wir damals an dem Vormittag von Monza zurückfuhren, hatten Sie doch eine Kiste mit 24 Flaschen San Giovese bei sich. Oder war es Albana? Und Sie ganz mäuschenstill, um keinen Zoll zahlen zu müssen. Aber erinnern Sie sich denn nicht mehr, wie der Schweizer Zöllner an der Grenze seinen Blick darauf geworfen hat und zu Ihnen sagte, Sie sollten öffnen? Los, spielen Sie doch nicht das Unschuldslamm! «
»Die Flaschen waren zum persönlichen Gebrauch bestimmt, ich wußte nicht, daß man dafür Zoll zu zahlen hatte.«
»Bravo. Und so entstand der ›unerfreuliche Zwischenfall‹.«

»Ich habe *bona fide* gehandelt, das wissen Sie!«
»Und damit erreichen Sie, in die Geschichte der Diplomatie des 19. Jahrhunderts einzugehen. Denn Sie schreiben jetzt nach Bern, um alles richtigzustellen, und unterzeichnen mit vollem Namen.«
»Aber was fällt Ihnen denn ein?«
»Ah, da gibt's keine Widerrede! Wollen Sie vielleicht, daß ein Schatten zwischen der Schweizer Eidgenossenschaft und der Savoyischen Monarchie bleibt? Daß ich Ihnen das wegen 24 – zugegeben: sehr trinkbarer – Flaschen Wein durchgehen lasse?«

Erregt, ungeduldig, zur Genüge mit Gaben der Liebe versehen (wie er meinte), so unvorsichtig, daß er im letzten Moment sogar Jacke und West gegen einen Schlafrock (aus Seide, mit großen Blumen) vertauscht hatte, stieg der Conte die verlassenen Treppen hoch und schlich durch die ebenfalls verlassenen Korridore zum Stelldichein. Und um siebzehn Uhr (sogar noch ein paar Minuten davor) klopfte er an die Tür besagten Zimmers.
Die Tür war nur angelehnt. Er trat ein.
Genau in diesem Moment brach die hübsche Kleine in Tränen aus. Sie saß in einem rosa und blaugrünen Negligé auf dem Bett, das Gesicht tränenüberströmt, ergeben, verzweifelt.
Während der langen Augenblicke, die nun folgten, hatte der Conte Zeit, von der Überraschung zur Gereiztheit, von der Gereiztheit zum Ärger und schließlich zur zärtlichen Rührung überzugehen. Er nahm ihre Hand, drückte sie mit Überzeugung und mußte sie nach einer Weile wieder aufs Kissen zurücklegen.
»Aber ich will Ihnen doch nichts Böses antun! Was haben Sie denn?«
Clara schluchzte.
»Aber nein, hören Sie doch auf! Ich sage Ihnen ja, ich tu Ihnen nichts.«
»Oh, ich Arme!«
»Wenn es wegen Ihrer Tugend ist, so schwöre ich, daß ich sie heilig halte.«
»Meine Tugend, huhuhu ...«

»Also, was?«
»Meine Tugend ist heute ...in Sicherheit. Eigentlich schon seit gestern.«
Er begann zu verstehen.
»Die Migräne?«
Unter den Tränen kam ein Lächeln zum Vorschein, das sich sofort ausweitete, einem Lachen Platz machte. Schallend. Dann: »*C'est l'homme qui propose, c'est Dieu qui indispose* ...Aber wie beschämend, Signor Conte.«
Wieder Tränen. Er schlug sich an die Stirn.
»Ich hab' doch wirklich Glück! Na, nun weinen Sie nicht mehr. Schluß! Finden wir uns damit ab!«
»Wie gut Sie zu mir sind. Wenn Sie wüßten, wie gern ich Sie habe. Verzeihung! Ich müßte sagen: welche Ergebenheit ich empfinde.«
»Mein liebes Kind. Hierher an meine Brust!«
Umarmung. Die alles andere als schüchtern erwidert wurde. »Aber wie kann ich nur. Sie sind ja kein Mann. Sie sind Italien. Die Fahne. Wie kann ich nur?«
»Also das nicht«, er sprang auf. »Ich bin sehr wohl ein Mann.«
Die Situation schweifte ins Ideelle ab, aber auf der anderen Seite war sie auch nicht ohne Komik. Das merkte sogar er, und er griff nach der Klinke, um zu gehen.
»Ich bitte Sie, Signor Conte, verlassen Sie mich nicht. Wenn ich dran denke, daß ich Sie nicht wiedersehe!«
»Kommen Sie, wir gehen in den Gang hinaus, das ist weniger gefährlich. Und dann reden wir.«
Sie folgte ihm brav, und sie redeten. Er beruhigte sie:
»Natürlich sehen wir uns wieder, und zwar oft, denn ich habe mir etwas ausgedacht: Vigliotti ist einer meiner besten Untergebenen, und ich habe vor, ihm ein Amt in meiner Nähe, in meiner Verwaltung zu geben. Er ist zwar Offizier, aber er kann sich in die Reserve versetzen lassen.«
»Im kommenden Monat«, brachte Clara nachdenklich in Erinnerung, »heiraten wir.«
»Er wird den Urlaub bekommen, der ihm zusteht. Und wegen des Hochzeitsgeschenks können Sie mir vielleicht eine Anregung geben.«
In seiner Aufrichtigkeit verbarg das »Kind« nicht, daß es

bereits an ein Geschenk gedacht hatte. Vigliotti und sie seien beide reich, aber Vigliotti, »ein Mann von großem innerem Adel«, besaß diesen Adel nicht nach außen, ein Umstand, der ihn vor ihr selbst und in Hofkreisen demütige. Wenn es möglich wäre, ihn zu befördern, auszuzeichnen.

Der Conte hatte sofort das Gefühl, daß derjenige, der sich in diesem Fall gedemütigt fühlte, nicht so sehr Vigliotti war als vielmehr seine Braut. Und er stimmte nicht zu. Die ohnedies schon unverhältnismäßig lange Liste des italienischen Adels noch weiter zu vergrößern, das hatte ihm nie gefallen; noch dazu in einer Welt, die sich bereits in den Händen der Cav. und der Comm. befand.

Ihn zu befördern, bevor er in Reserve trat, das ja, daran hatte er selbst schon gedacht, und das ließ sich sehr gut machen. So drückte er das Kind noch einmal (etwas weniger platonisch als das vorige Mal) an seine Brust, dann entfloh er, beteuernd, gewandt, lächelnd, doppelsinnig.

»Du wirst zufrieden sein, bestimmt, ich verspreche es dir. Und jetzt verlassen wir uns, aber nur für eine Stunde, nur für eine kleine Stunde.«

Das Lächeln verging ihm sofort: Im Korridor vor seinem Zimmer erwartete ihn Gherardesca mit ernstem Gesicht.

Er kam, um den Chef über seine unmittelbaren Pläne zu befragen. Kein leichtes Problem, mit geschickten Umschreibungen die inzwischen nicht mehr aufschiebbare Frage zu stellen: Ob der Conte die Absicht habe heimzufahren oder nicht? Wenn nicht, dann war eine Fülle von Vorkehrungen zu treffen, von Anweisungen zu erteilen (nach Monza), von Nachrichten weiterzuleiten (nach Rom). Es galt, einige Schwierigkeiten vorauszusehen, auch bescheidener logistischer Natur (in einigen Tagen würde das Gasthaus mit Saisonende schließen).

Es brauchte weder Umschreibungen noch Fragen. Der Chef hatte zwar keine Zeitung mehr in die Hand genommen und auch keinen Kalender angeschaut, aber wie die

Zeit verging, das spürte er in seinen Nerven: boshaft, schnell, unaufhaltbar, gerade weil es so schön gewesen wäre, die Zeit aufhalten, ein wenig betätscheln zu können.
An diesem Morgen hatte er beim Aufstehen sein Notizbuch herausgezogen.
Am 6. September war darin eingetragen: »Ans Heimfahren denken.« Zweimal unterstrichen und am Rand ein großer Pfeil als Hinweis.
Zwei Tage später stand darin: »Keiner hat mich gestört, weder aus Monza noch aus Rom; ich habe sie vergessen und sie mich. Wüntz (der Besitzer des Adler) hat hier die gleiche Funktion wie ich zu Hause, nur mit dem Unterschied, daß er dekorativ ist. Trotzdem muß ich zurückkehren, meine Abdankung war nur provisorisch.«
Am 10. September: »Auf den Altersübergang achten, wenn ich zurückkomme.« Zweimal unterstrichen.
»In Ordnung, Gherardesca, Sie haben recht: Wir müssen zurückfahren. Bereiten Sie alles vor, disponieren Sie, kündigen Sie uns an, et cetera. Eine halbe Stunde oder eine Stunde vor der Abfahrt kommen Sie dann zu mir und sagen: Wir fahren. Den Tag bestimmen Sie, den Augenblick sezten Sie fest. Verstanden?«
»Seien Sie unbesorgt. Es wird gemacht, wie Sie es wünschen.«
»Ich möchte bis zum Schluß nichts davon wissen. Vogel-Strauß-Politik, nicht wahr?«
»So möchte ich das nicht nennen.«
»Und bemitleiden Sie mich ruhig, wenn Sie wollen, ich habe nichts dagegen.«
Er hatte die Absicht, vor seiner Abreise Frau von Goltz noch einen Gruß, ein Geschenk zukommen zu lassen. Man konnte Vigliotti nach Altdorf oder Luzern schicken, um es zu besorgen.
»Blumen?«
»Zu wenig.«
»Ein Armband?«
»Zu intim.«
»Vielleicht eine silberne Blumenvase mit den Initialen des Schenkers und der Krone?«

»Ja, das könnte gehen. Einverstanden.«
Gelegen wie immer, sofort erreichbar auf die einfache Beschwörung hin, kam Vigliotti in diesem Augenblick an. Man hörte den Kies auf dem Vorplatz unter den Rädern des Wagens knirschen, der wendete und hielt. Sie unterschieden seine Stimme, dann ein paar Worte in Deutsch von einer Frauenstimme, die sogar die Kehl- und aspirierten Laute wohlklingend erscheinen ließ.
Die Goltz. Gherardesca wurde sofort hinuntergeschickt.

In Ungarn – überlegte er, während er zum Fenster hinausblickte – haben sie das Problem erfolgreich gelöst. Beim Grafen Czernin auf dem Land, wo es nicht paßt, mit Bediensteten in Kniehosen und Zylinder herumzufahren, sind Kutscher und Diener nach Jägerart gekleidet; einer Mischung aus Jäger- und Husarenstil: Gamaschen, dunkelgrüne Jacke mit schwarzen Verschnürungen an der Brust, auf dem Kopf eine ebenfalls dunkelgrüne Melone mit einer Feder nach Tiroler Art. Hier im Gebirge verwendet die Goltz bei ihrer Kutsche den gleichen Stil. Bei uns in Monza wäre das nicht möglich, Monza ist ein zweiter Quirinal. Der Herzog von Norfolk inspiziert im Sommer seine Güter mit Bediensteten in Kniehosen. Aber nicht umsonst ist Norfolk katholisch geblieben, da gefällt ihm der Pomp. Das ungarische Modell, Czernin, Esterhazy, finde ich sehr passend, gleichzeitig ist es phantasievoll, man könnte sagen, moderner. Umgekehrt ist es dort schon seit wer weiß wie lange Brauch.
Gherardesca riß ihn aus seinen Betrachtungen.
»Ich habe die Dame in den kleinen Saal im ersten Stock gebeten.«
»Ich komme.«
Die Toilette der Besucherin war pariserisch, wie aus dem Modejournal. Schade, daß er höchstens eine Witterung davon bekam, ohne die Fähigkeit zu besitzen, es schätzen zu können; in puncto Damenmode fehlte ihm die Kompetenz. Dagegen beeindruckte ihn aufs neue das pariserische Französisch, das die Goltz sprach: unglaublich. Sie entschuldigte sich, unangemeldet zu kommen. Sie wollte sich

vor ihrer Abreise von ihm verabschieden und ihm versichern, daß die Sache mit der Hypothek in Ordnung gebracht worden sei.
»Vigliotti hat mich und meinen Verwalter überzeugt. Der Signor Conte hat in Vigliotti einen äußerst fähigen Vertreter.«
»Das habe ich gesehen«, sagte er, ohne jegliche Spitze. Er war unter den Umständen in der bestmöglichen Laune.
»Wir übernehmen die Ablösung zu fünfzig Prozent. Vielleicht wollen Sie mir zum Aufgleich eine Freundlichkeit erweisen.«
»Ganz zu Ihrer Verfügung.«
Also: Sie hatte Pläne mit Visè, wollte sich oft dort aufhalten, und sie hatte sich vorgenommen, den Anbau auf Wein umzustellen, Moselweinreben zu akklimatisieren. Dazu mußten Maschinen gekauft, einheimische Arbeitskräfte angeworben werden usw., und sie hoffte, daß Vigliotti das in die Hand nehmen könnte. Oh, es würde genügen, wenn er sich ein- oder zweimal im Monat sehen ließ, soweit es seine Pflichten erlaubten – und natürlich nur mit der gütigen Zustimmung seines Chefs, um die sie lebhaft nachsuche.
Unergründlich wie immer die Farben dieser Augen, und die gesamte Person wie immer sehr vornehm, sehr von oben herab. Aber trotzdem kam sie ihm ein bißchen gealtert vor. Nicht gealtert: gewelkt. Ihm schien, sie habe den Schmelz verloren. Als hätte sich ein unmerklicher Staubfilm auf ihr Gesicht, den Hals, ja sogar die Hände gelegt.
Diesmal ist die Überlegenheit auf meiner Seite, dachte er. Mit einem leichten, belustigten Rachegefühl, das ihm sehr guttat.
Die kleinen Gefolge wurden in den Saal zugelassen: Grüber für die Goltz, Vigliotti und Gherardesca für den Conte.
Wermut und Konversation. Dabei wurde es nach sieben, und man mußte die Gäste zum Dableiben auffordern.
Am Tisch des Conte nahmen die Goltz, Vigliotti und Clara Platz. Er, offiziell Hauptperson dieser kleinen Gesellschaft, war nur Zuschauer. Er entzog seine Aufmerk-

samkeit dem nervösen, eindringlichen Geplauder der Goltz, um die Verlobten zu beobachten. Vigliotti, nicht gesprächig (das war er nie) und nicht anregend, vermied es, sich direkt an Clara zu wenden, und ermutigte sie auch nicht, sich mit ihm abzugeben. Und doch bediente er sie sehr aufmerksam, achtete auf das, was sie sagte, jederzeit bereit, ihr das Wort zu überlassen, und begleitete ihre Antworten mit Zeichen der Zustimmung, in einer ehelichen Solidarität besten Stils und bereits erprobt. Wie bei einem verheirateten Paar, das gelernt hat, die dahinschwindende Liebe durch gute Erziehung und gegenseitige Achtung zu ersetzen.
Zwischen Vigliotti und der Goltz: nichts. Sie ignorierten einander. Die Goltz belegte Clara mit Beschlag, nannte sie am Anfang Signorina und zum Schluß *mon amie* und *ma petite*. Sie fragte sie mit Takt und ohne Ironie aus, methodisch und wohlwollend, wie ein verantwortungsbewußter, freundlicher Lehrer, der zwar nicht mehr hoffen kann, den Schüler bei der Prüfung durchzubringen, aber versucht, ihm durch unermüdliches Fragen und erhöhte Höflichkeit das Durchfallen etwas leichter zu machen.
Die Kleine schlug sich, so gut es ging. Sie probierte es zunächst mit dem Tonfall *petite chatte*; dann versuchte sie den Zug an Vigliotti oder sogar den Chef abzugeben (»vielleicht antwortet Ihnen der Signor Conte an meiner Stelle«) und auszuweichen (»Wenn Sie wüßten, wie wenig man in Italien den Mädchen beibringt!«). Schließlich ließ sie Zeichen von Müdigkeit erkennen, verbarg sich hinter kurzem Auflachen, das jedoch nicht offen klang (»Was für ein schlechtes Französisch ich doch spreche!«), verteidigte sich mit einem Lächeln, das ihr jedoch ein bißchen verzerrt geriet. Weitgehend überzeugt, zu ihrem eigenen Bedauern eine schlechte Beurteilung geben zu müssen, brach Frau von Goltz das Examen plötzlich ab, kümmerte sich nicht mehr um die Kleine, sondern wandte sich dem bedeutendsten Tischgenossen zu, mit ein paar allgemeinen Bemerkungen über die Jagd im Gebirge (»Man muß die Alpenfauna vor den allzu tüchtigen Jägern schützen«). Dann, ohne Übergang:
»Unsere Verlobten hier, Signor Conte« (Betonung des

Possessivpronomens) »werden in ein paar Wochen Europa bereisen.«
»Europa?«
»Ja, auf ihrer Hochzeitsreise. Und ich bereite ihnen ihr kleines Nest, natürlich nur vorübergehend! In Bad Gadstein am Rhein, wo ich den Herbst verbringe. In meinem Haus in Bad Gadstein gibt es eine kleine Wohnung, die wie geschaffen ist für die beiden.«
»Unsere« Verlobten? Was sollte das? Hatten sie dieses Paar vielleicht gepachtet, er und die Goltz?
Im Grunde stimmte das ja. Bei ihrer Ankunft vor einer Stunde wußte die Goltz von nichts, jetzt wußte sie alles, hatte längst begriffen; so geht das bei Frauen. Aber er mochte keinen Zynismus. Dieses Auf-den-Busch-Klopfen mit Anspielungen und falscher Freundlichkeit. Nein, damit war er nicht einverstanden. Ihm fiel ein, daß Francesco Mèlito (der Herzog von Mèlito Portosalvo, ein Freund von ihm) jedes Jahr im Oktober mit seiner Jacht eine Kreuzfahrt machte.
»Vigliotti, ich verschaffe Ihnen zwei Kabinen auf dem Schiff von Francesco Mèlito. Sie sind Seemann, er wird hocherfreut sein. Eure Hochzeitsreise macht ihr auf dem Meer.«
Vigliotti und seine Zukünftige verbeugten sich dankend.
»Nur Mèlito dürft ihr ihn nicht nennen: Exzellenz. Don Cicco.«

Mit fortschreitendem September und der Sonne, die gleich nach dem Aufgehen nur noch schräg einfällt, rücken die Gipfel und Gletscher, die man vom Adler aus sehen kann, an den klaren Morgen zum Greifen nahe und gleichzeitig ganz fern, wie Träume oder Erinnerungen. Früh um sieben Uhr auf der Terrasse bemerkte das auch der Conte: Er betrachtete die Berge einen Moment, einen ziemlich langen Moment, bis Mancuso ihm den Kaffee (mit Zubehör) brachte. Ein Fenster öffnete sich, es erschienen die eingeseiften Wangen des Professore und verschwanden wieder.
Durch ein Wunder an Schnelligkeit zeigte sich Brighenti selbst um Viertel nach sieben auf der Terrasse, um seine

Ehrerbietung zu bezeigen und die Erlaubnis zu erbitten, eine »Idee« vortragen zu dürfen. Er schickte voraus, daß er als Leibarzt spreche:
»Hegt der Signor Conte seit dem Unfall von neulich eine Abneigung gegen die Post, ich meine gegen die Gotthardt-Post?«
»Nein, warum sollte ich?«
»Sehr gut. Andererseits erinnere ich mich, daß Sie auf der Herfahrt der Zug etwas gestört hat, das zu kleine Abteil, der viele Rauch in den Tunnels. Ich habe mich inzwischen erkundigt und herausgefunden, daß die Gotthard-Post einmal in der Woche von Göschenen bis nach Como fährt, über Bellinzona und Lugano.«
»Und wer fährt damit?«
»Fremde. Engländer, Deutsche.«
Es folgte eine Abschweifung (der Conte aß inzwischen weiter) darüber, wie schön es doch sei, der Hektik des modernen Lebens zu entfliehen, das sich in der vernichtenden Technik verkörpere, dem Telegraphen (bald auch dem Telephon), der elektrischen Beleuchtung, der schwindelerregenden Fahrt der Eisenbahnzüge. Der heutige Mensch fühle das Bedürfnis, sich daraus zurückzuziehen, vor allem, wenn er einer Nation angehöre, in der der Fortschritt Furore mache; zurück zur Vergangenheit, zu den noch nicht mechanisierten Pferden und den ungeschienten Wegen, zu den alten Postkutschen unserer Jugend.
»Und?«
Am eigentlichen Punkt angelangt, zögerte Brighenti.
»Also. Ich habe mich bei der Post erkundigt, ob es unter Umständen auf Anfrage hin eventuell möglich sei, einen reservierten Wagen für die genannte Fahrt zu bekommen. Von hier bis Como sind es zehn, elf Stunden, einschließlich der Aufenthalte. Man könnte vom Palast telegraphisch die Karossen beordern, die uns in Como erwarten und nach Monza zurückbringen.«
Der Conte strich sich Butter und Honig auf die frischen, knusprigen *petit-pains*, die so herrlich schmeckten. Das Bäckerhandwerk, welche Kunst! Und die Bäckerin, die mit den Geranien ...
Brighenti hatte schon alles geplant. Das Gepäck würde

mit dem Zug reisen, ebenso Gherardesca, der die Bahn bevorzugte. Vigliotti fuhr sowieso später, da er in Luzern etwas zu erledigen hatte. Sie wären also zu dritt: der Signor Conte, er, Brighenti, und Mancuso. Aber er hatte noch einen weiteren, heikleren Vorschlag zu unterbreiten. (Durch Geschick oder Glück hatte keiner des kleinen Gefolges in Göschenen etwas von dem »Flirt« mit der Mansulin gemerkt. Und Brighenti strafte die Meinung Lügen, daß die Ärzte auf diesem Gebiet gute Beobachter seien.)
Er nahm all seinen Mut zusammen.
»Der Signor Conte möge verzeihen, wenn ich mich vielleicht zu weit vorgewagt habe. Ich habe, natürlich völlig unverbindlich, mit Fräulein Mansolin und Frau Schwartz darüber gesprochen. Die Damen wären geehrt, jedoch habe ich alles offengelassen, in der Schwebe, selbstverständlich bleibt alles Ihrer Einwilligung anheimgestellt. Dieses private Geplauder von mir hat keinerlei Bedeutung. Das verpflichtet niemanden, nicht einmal mich.«
Endlich hob der Conte den Kopf.
»Und wenn ich sagen würde, daß mir die Idee mit der Gotthardt–Post sympathisch ist?«
Brighenti zog sich kurz darauf zurück, mit zwei Erfolgen in der Tasche: Erstens hatte er den Conte zu einer Idee überredet, die von ihm, Brighenti, stammte (»Sich nie zum Schaf machen lassen!« »Wer ist denn dieser Mann: ein Despot? ein mittelalterlicher Monarch? oder ein Mensch wie du und ich?«); zweitens hatte er für die Rückfahrt zwei sympathische Damen an die Stelle dieses überheblichen Florentiners (Gherardesca) gesetzt, der es sich herausnahm, seine Mitmenschen zu verspotten, ohne daß man wußte warum.
Ganz abgesehen von dem Vergnügen, dem Protokollchef aus Bern einen Streich zu spielen. Die helvetischen Füchse hinters Licht zu führen.
Als der Professore verschwunden war, zündete sich der Conte eine Zigarre an und drehte seinen Stuhl zum Gebirge hin (»prachtvoll!«). Er zog seine Uhr heraus, es war halb acht. Also noch ein ganzer Vormittag zum Genießen.

»Dann Schluß mit der Freiheit, aus das Fest! Ich werde wieder ich selber. Ich kehre in meine alte Haut zurück.«

Gherardesca (in seiner Bildung überwiegend auf Pferde beschränkt) pflegte seinen Chef folgendermaßen zu charakterisieren: »Unkultiviert? Aber nein, höchstens ein bißchen. Ungebildet? Ach was, nur soweit unbedingt nötig.«

Einfältig, das jedoch auf jeden Fall. Wenn man ihm in seinem Jahrhundert, von dem das *Ich* entdeckt worden war, gesagt hätte: die Freiheit bedeute nichts anderes, als ganz man selbst sein und in seiner eigenen Haut stecken zu dürfen, wäre er verwundert gewesen. Vielleicht sogar indigniert.

Jedenfalls, ein paar Stunden blieben ihm noch. Und sind ein paar Stunden nicht ein Stück Leben? Er würde noch einmal allein spazierengehen, stehenbleiben, wo er wollte, anschauen, was er wollte, und dabei den Rest der Zigarre ausspucken und sich zwischen den Rippen kratzen, wann es ihm paßte.

Er würde durch die Lärchenallee bis zum Kiosk gehen. Und beim Zurückkommen wollte er die Häuser des Dorfes noch einmal betrachten, eines nach dem anderen, bis dorthin, wo die Straße nach Wassen anfängt. Er wußte (das wußte er), daß er sie nie wiedersehen würde. Er konnte auch unter einem Vorwand die Bäckerei betreten und endlich aus der Nähe einen Blick auf die stämmige Blonde von den Geranien werfen.

Er stand auf – jetzt hatte er es eilig –, schritt durchs Vestibül. Mancuso lief ihm mit dem Hut und Stock, die er auf der Terrasse vergessen hatte, nach.

Unter der Tür rückte Herr Wüntz gerade so weit zur Seite, wie nötig war, um ihn vorbeizulassen; er erwiderte gelassen die herzliche Geste des Conte (als erster grüßte er nie) und nahm dann seinen Platz am Türpfosten wieder ein.

Nachwort

Liebe Leserin! Die Geschichte, die Du eben gelesen hast – und die genauso altmodisch und naiv ist wie die Art, in der ich mich hier an Dich wende –, will nicht mehr sein, als sie ist: eine frei erfundene, wenngleich mögliche Geschichte, inmitten von Kaminsimsen, Blumenschalen, Kutschen und Dampflokomotiven: einer Welt von heute verschwundenen und schon fast nicht mehr vorstellbaren Dingen, die für mich jedoch keineswegs nur Dekor, sondern das eigentliche Motiv waren. Eine simple Geschichte also, hinter der nichts Tieferes steckt und die auch gar nichts lehren will, es sei denn, aber das ist ja bekannt, daß auch im unglücklichsten Leben noch ein Stück Komödie verborgen ist.
Und die Komödie erinnert mich jetzt, beim Wiederlesen, an Meilhac und Halévy. Leider natürlich ohne die Champagner-Musik von Offenbach. Oder an Daudet, jedoch ohne die Epik des Tartarin und die paläoökologische Polemik. Auf alle Fälle läßt sich ausschließen, daß diese Seiten sich oder Dich engagieren. Sie berufen sich auf ein weit zurückliegendes Italien und auf eine historische Persönlichkeit, die zwar formell die Hauptfigur der Erzählung ist, im Grunde aber ein Vorwand bleibt. Sie soll hier weder gefeiert noch kritisiert werden. Eigentlich nicht einmal heraufbeschworen.
Eine Flucht zu den Gespenstern der Belle Epoque? Ich möchte sagen: ja. Und ich suche dafür auch gar keine Entschuldigungen. Ich vertrete nicht die Ansicht, daß ein Buch ausbrechen muß, wenn es einen Ausbruch beschreibt (im vorliegenden Fall den Ausbruch aus einem Beruf, der zu den verabscheuungswertesten und entfremdendsten gehörte – und dem regelmäßig mit der größten Oberflächlichkeit begegnet wurde). Nein, in diesem kleinen Buch wird der Ausbruch bewußt – und damit einfältig – konsumiert und genossen. Es zeigt seine eingängigsten und oberflächlichsten Aspekte.

Ich scheue mich auch nicht, die These zu akzeptieren (die im übrigen ein Gemeinplatz ist), daß es nie eine wirkliche »Belle Epoque« gegeben hat. Doch darüber hinaus möchte ich bemerken, daß wir immer Bedarf an Märchen haben und daß dieser Mythos genauso viel gilt wie die anderen.

Zum Schluß, liebe Leserin, möchte ich Dich bitten, den Untertitel dieser Erzählung wörtlich zu nehmen: Einer wenigstens hatte dabei sein Vergnügen, nämlich ich, der diese Geschichte schrieb.

G. M.

Kleine historische Nachbemerkung

Umberto I., König von Italien, wurde am 14.3.1844 in Turin geboren. Sein Vater war König Viktor Emanuel II., seine Mutter Maria Adelaide (Tochter des habsburgischen Erzherzogs Rainer). Während des III. Unabhängigkeitskrieges kämpfte er 1866 in der Schlacht bei Custozza und wurde für seine Tapferkeit ausgezeichnet. Im selben Jahr heiratete er seine Kusine Margherita, Tochter des Herzogs von Genua. 1878 folgte er seinem Vater auf den Thron.
Er hatte ein Kind: Viktor Emanuel, der nach dem Tode Umbertos den Thron bestieg. Am 29.7.1900 wurde Umberto I. von dem Anarchisten Gaetano Breschi in Monza erschossen.
Umberto war ein Anhänger der konstitutionellen Monarchie und unterstützte und förderte den Parlamentarismus. Er war sehr beliebt und führte den Beinamen »der Gute«.

Waltraud Anna Mitgutsch

Die Züchtigung

Roman, 208 Seiten, gebunden, Schutzumschlag

Dieses Zeit- und Lebensgemälde dreier Generationen ist mehr als Erinnerung. Es ist ein erschütterndes Nachdenken über Sehnsüchte und unerfüllte Wünsche, über Liebe und Haß, über das, was Menschen sich gegenseitig antun.
Meisterhaft erzählt entwickelt dieses Buch eine unheimliche Kraft. Man wird hineingesogen in Lebensstationen, aus denen es kaum ein Entrinnen gibt und man selber ist mittendrin.

Mit grausamer Offenheit schaut Waltraud Anna Mitgutsch zurück. Sie folgt den Spuren ihrer Entwicklung bis in die Kindheit ihrer Mutter hinein, die als ungewolltes, ungeliebtes Bauernkind in einem österreichischen Dorf, nahe der tschechischen Grenze, aufwächst, voller Lebensangst, vom Vater geschlagen, von den Geschwistern tyrannisiert, verschlossen und eigenbrötlerisch.

claassen

Verlag, Postfach 9229, 4000 Düsseldorf 1

Gerold Späth

Commedia
443 Seiten. Leinen. Ausgezeichnet
mit dem ersten Alfred-Döblin-Preis
Fischer Taschenbuch Band 5411

Balzapf oder Als ich auftauchte
Roman. 439 Seiten. Leinen
Fischer Taschenbuch Band 5428

Die heile Hölle
Roman
Fischer Taschenbuch Band 5063

Heißer Sonntag
Roman
Fischer Taschenbuch Band 5076

Sacramento
Neun Geschichten. 141 Seiten. Leinen

Stimmgänge
Roman
Fischer Taschenbuch Band 2175

Unschlecht
Roman
Fischer Taschenbuch Band 2078

Sindbadland
292 Seiten. Leinen

**S. Fischer
Fischer Taschenbuch Verlag**

ANNETTE KOLB

Das Exemplar
Roman. Band 2298

Daphne Herbst
Roman. Band 2299

Die Schaukel
Roman. Band 5704

Spitzbögen
Erzählung, Porträt,
Tagebuchaufzeichnung
Band 5363

Wera Njedin
Erzählungen und Skizzen
Mit einem Porträt von Hermann Kesten
Band 5734

**König Ludwig II. von Bayern
und Richard Wagner**
Band 2527

Mozart
Biographie. Band 5736

Schubert. Sein Leben
Biographie. Band 5736

Zeitbilder 1907–1964
Band 5360

FISCHER TASCHENBUCH VERLAG